珠玉の童謡詩集

銀河の子どもたち

堀切利高・堀切リエ　編著

子どもの未来社

装画／初山　滋画「小鳥のふきよせ」

目次

〔童謡詩撰〕

Ⅰ　小さな世界

Ⅱ　風かよう

Ⅲ　友だち、家族

Ⅳ　あの日のわたし

【挿絵】いしいつとむ、桑垣一紀、取出美穂、取出遼、氷室藍、松田藍、松田志津子、和田のぶみ

I 小さな世界

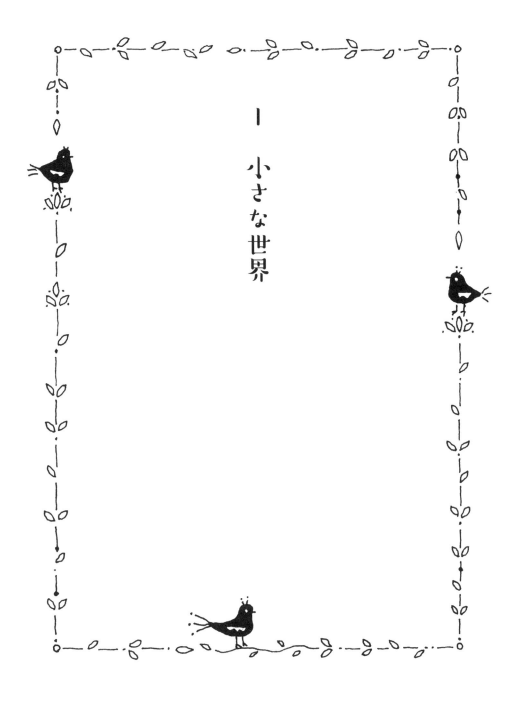

尺取虫《しゃくとりむし》

竹久夢二《たけひさゆめじ》

尺取虫《しゃくとりむし》は
よっちらよっちら
尺《しゃく》をとる。

牧場《まきば》の柵《さく》が
どれだけ長いか
よっちらよっちら
尺《しゃく》をとる。

尺取虫《しゃくとりむし》は
日本の国が
どれだけ長いか

よっちらよっちら
尺《しゃく》をとる。

『歌時計』（大正8・7）

烏《からす》の手紙

西條八十《やそ》

山の烏《からす》が
持ってきた
赤い小さな
状袋《じょうぶくろ》
あけて見たらば
「月の夜《よ》に
　山が焼け候《そろ》
　こわく候《そろ》」

返事書こうと
眼《め》がさめりゃ
なんの　もみじの
葉がひとつ

「赤い鳥」（大正9・8）

蟻《あり》

西條八十《やそ》

蟻《あり》　蟻《あり》
寂《さび》しかろ

はこべの葉っぱに
ついてきた
道灌山《どうかんやま》の
黒蟻《くろあり》を
神田《かんだ》の通りで
放したが

蟻《あり》　蟻《あり》
寂《さび》しかろ
路《みち》がわからず
さびしかろ

「赤い鳥」（大正9・6）

田螺《たにし》（二）

島田忠夫

紫雲英《げんげ》の田《た》の
水口《みずくち》に
田螺《たにし》の集議《しゅうぎ》が
あるとうよ

山のかげから
麓《ふもと》から
三月《みつき》もかかって
寄るとうよ

集議《しゅうぎ》はすむやら
済《す》まぬやら
田圃《たんぼ》は苗植《なえうえ》
するとうよ

「童話」（大正13・6）

木《こ》の葉《は》のお船《ふね》

野口雨情《うじょう》

帰る燕《つばめ》は
　木の葉《は》のお船ネ
波にゆられりゃ
お船はゆれるネ
　サゆれるネ

船がゆれれば
　燕《つばめ》もゆれるネ
燕《つばめ》帰るにゃ
お国が遠いネ
　サ遠いネ

遠いお国へ
帆《ほ》のないお船ネ
波にゆられて
燕《つばめ》は帰るネ
サ帰るネ

「コドモノクニ」（大正13・4）

薔薇《ばら》

北原白秋《はくしゅう》

薔薇《ばら》は薄紅《とき》いろ、
なかほどあかい。
重《かさ》ね花びら
ふんわりしてる。

薔薇《ばら》は日向《ひなた》に
お夢を見てる。
蟻《あり》はへりから
のぞいて見てる。

薔薇《ばら》の花びら、
そとがわ光る。
なかへ、その影、
うつして寝てる。

「赤い鳥」（大正15・2）

花の種子《たね》

西條八十《やそ》

古い外套《まんと》のかくしから
ころげ落ちた花の種子《たね》
去年もらってそれなりに
蒔《ま》くのを忘れた花の種子《たね》

かくしのすみで一年を
どんな夢見ていたのやら
忘れず蒔《ま》けば今ごろは
きれいに咲いていたものを

かわいそうにと掌《てのひら》に
のせてなでれば、黒ぐろと
静かに眠《ね》ている花の種子《たね》

「童話」（大正15・6）

オチタツバキ

北原白秋《はくしゅう》

アカイ　ツバキ　ガ
ポタリ　ト　オチタ。
スコシ　ソッポ　ムイテ、
ジベタ　ニ　スワッタ。

シベガ　シロク　テ
ツヤツヤ　シテル。
キイロ　カフン　ハ
イッパイ　ツユ　ダ。

オチタ　ツバキ　ガ
ミテル　ト　ウゴク。
カゼ　ガ　フッカケ、
モミガラ　ツケタ。

「赤い鳥」（大正15・4）

たんぽぽ

佐藤義美《よしみ》

日陰《ひかげ》のたんぽぽ、
闌《ほ》けれ。
ほう、ほう、闌《ほ》けれ。
雀《すずめ》がお唄《うた》を
きかしてる。
ほう、ほう、闌《ほ》けれ。

風もそこを
通る。

「赤い鳥」（大正15・7）

蝸牛《かたつむり》の唄《うた》

西條八十《やそ》

のォろり、のォろり蝸牛《かたつむり》、
日がな一日のォぼって、
樫《かし》の木で何見た。

一本目の枝《えだ》で、
見えたは牛の子、隣《となり》の牛の子、
母さんに抱《だ》かれて藁《わら》の上。

二本目の枝《えだ》で、
見えたは娘《むすめ》、むかいの娘《むすめ》、
窓《まど》で手袋編《あ》んでいた。

三本目の枝《えだ》で、
見えたは海よ。白帆《しらほ》のかげが、
あっちにもこっちにも。

四本目の枝《えだ》で、
つい日が暮《く》れた。
金貨《きんか》のようなお月さま、
葉っぱのかげから今晩《こんばん》は。

『日本童謡集』上級用（昭和2・8）

なぎさ

山村暮鳥《ぼちょう》

ちどりのあしあと
小さいな。

よあけの
なぎさにでてみたか。

よあけのなぎさの
どんどなみ。

なみがわすれた
すなのうえ。

ちどりのあしあと
かわいいな。

『日本童謡集』初級用（昭和2・6）

サヨリ

北原白秋《はくしゅう》

サヨリ　は　うすい、
サヨリ　は　ほそい。
きんのうお、サヨリ、
きらり　と　ひかれ。

つきよ　の　かわ　に
だれだれ　でてる。
さざなみ、こなみ、
ちらり　と　ひかれ。

サヨリ　の　うち　は
まみず　か、しお　か、
つめたい　サヨリ
みずのたま　はけよ。

サヨリ　は　うすい、
サヨリ　は　ほそい。
きんのうお、サヨリ、
おねえさま　に　にてる

「コドモノクニ」（昭和８・８）

チョウチョノ町

佐藤義美

チョウチョノ町ノ　アネモネ通り
リボンウッテル　店ガアル
イツモチョウチョガ　カイニクル
金ノカゴサゲテ　カイニクル
チョウチョノ町ノ　チューリップ通リ
オ菓子《かし》ウッテル　店ガアル

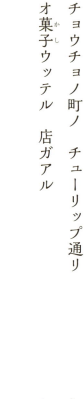

イツモチョウチョガ　カイニクル
金ノカゴサゲテ　カイニクル
チョウチョノ町ノ　ヒヤシンス通リ
絵本ウッテル　店ガアル
イツモチョウチョガ　カイニクル
金ノカゴサゲテ　カイニクル

「コドモノクニ」（昭和7・4）

II

風かよう

露地《ろじ》の細道

海野《うんの》 厚《あつし》

露地《ろじ》の細道　通しゃんせ
横町《よこちょ》のお茶屋へ　お茶買いに
露地《ろじ》は夕顔　咲きかかり
斜《はす》にちょっとよけ　通りゃんせ

露地《ろじ》の細道　通しゃんせ
横町《よこちょ》の酒屋《さかや》へ　酒買いに
露地《ろじ》は夕顔　咲きかかり
斜《はす》にちょっとよけ　通りゃんせ

（大正8・?）

風にきく

藤井樹郎《じゅろう》

風にきけば、
パンを蒸《む》してる、
白菖《はくしょう》が枯《か》れてる、
柘榴《ざくろ》がなってる。

またきけば、
海は荒れてて、
街は日ざかり、
山も日ざかり。

またきけば、
貝も匂《にお》うよ、
松も匂《にお》うよ、
土も匂《にお》うよ。

「赤い鳥」（昭和２・９）

お月夜

北原白秋《はくしゅう》

トン、
トン、
トン、
あけてください。
どなたです。
わたしゃ木《き》の葉《は》よ。
　トン、コトリ。

トン、
トン、
トン、
あけてください。
どなたです。
わたしゃ風です。
　トン、コトリ。

トン、
トン、
トン、
あけてください。
どなたです。
月のかげです。
　トン、コトリ

（「赤い鳥」（大正15・1））

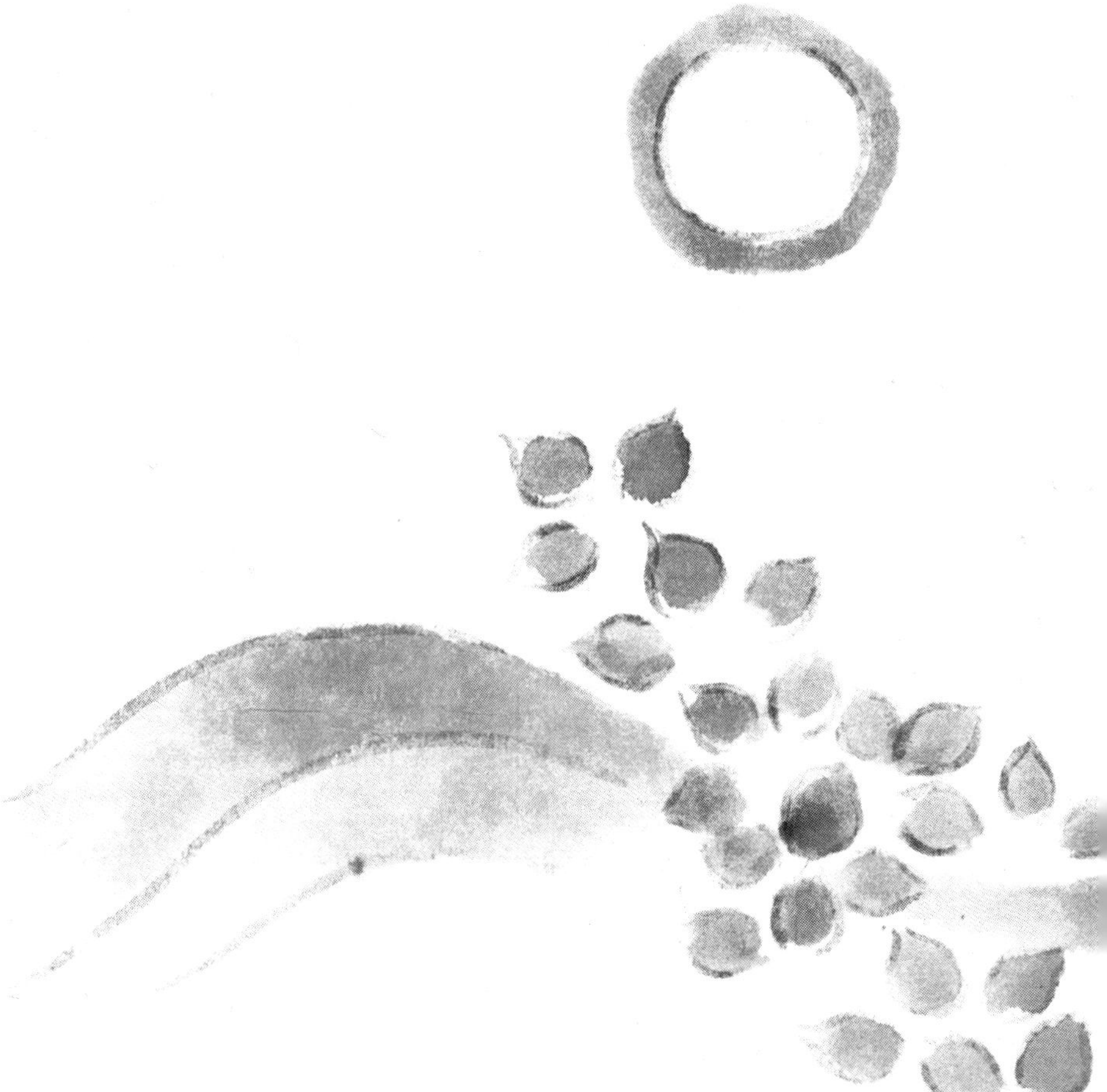

田圃《たんぼ》にて

山村暮鳥《ぼちょう》

たあんき　ぽーんき
　たんころりん
たにしをつっつく鴉《からす》どん
はるのひながのたんぼなか

たあんき　ぽーんき
　たんころりん
わぁれもひとも生《い》きもんだ
あんまりひどくしなさんな

たあんき　ぽーんき
　たんころりん

鴉《からす》はきいても知らぬ顔
はるのひながのたんぼなか

「おとぎの世界」（大正10・3）

帰る雁《がん》

野口雨情《うじょう》

雁《がん》が　帰る
雁《がん》が　帰る
雁《がん》が　帰る
襷《たすき》に　ならんで
雁《がん》が
帰る
山が　暴《あ》れた
海が　暴《あ》れた
風で　暴《あ》れた

帯《おび》に　なつて
紐《ひも》に　なつて
雁《がん》が　帰る。

「金の船」（大正10・4）

初夏《はつなつ》

三木露風《みきろふう》

藪《やぶ》の筍《たけのこ》、丈《たけ》のびて、
袴《はかま》の皮が落ちるころ。
李《すもも》の花が白くさき、
柿《かき》が青々、茂《しげ》るころ。
柳《やなぎ》が塀《へい》の外に垂《た》れ、
燕《つばめ》の来るのを待てるころ。

赤鯛《あかだい》、真鯛《まだい》がよく漁《と》れて、
遠い町にも売れるころ。

わがふるさとを思いだす、
白い日かげを見ておれば。

ひい、ふう、みいと、梅《うめ》の実を、
かぞえて待ったは、何時《いつ》のこと。

「少年倶楽部」（大正10・6）

つくしんぼ

西條八十《やそ》

見知らぬ人に負《おぶ》われて
越えた旅路《たびじ》のつくしんぼ

見知らぬ人は黒外套《くろまんと》
顔もおぼえず　名も知らず

いずくの国か　いつの世か
月さえほそい春のくれ

きょう片岡《かたおか》にひとり居《い》て
夢のようにもおもいだす

見知らぬ人に負《おぶ》われた
遠いその日のつくしんぼ

「童話」（大正11・6）

どんぐり

島木赤彦《あかひこ》

団栗山《どんぐりやま》の
どんぐりは
落ちても落ちても
草のなか

どんぐり山の
枯草《かれくさ》は
分けても分けても
分けきれぬ

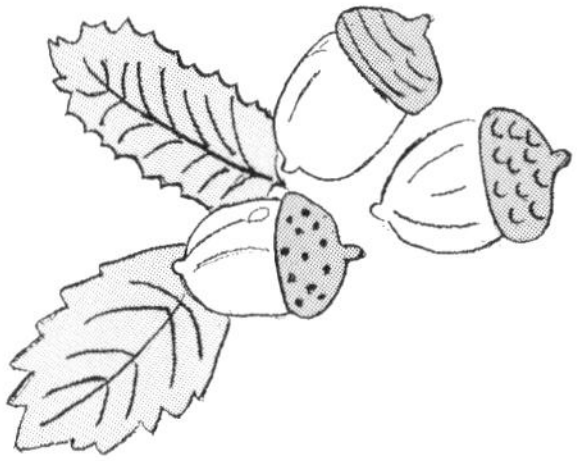

草を分ければ
手が冷《ひ》える
どんぐり拾えば
日が沈《しず》む

「童話」（大正12・4）

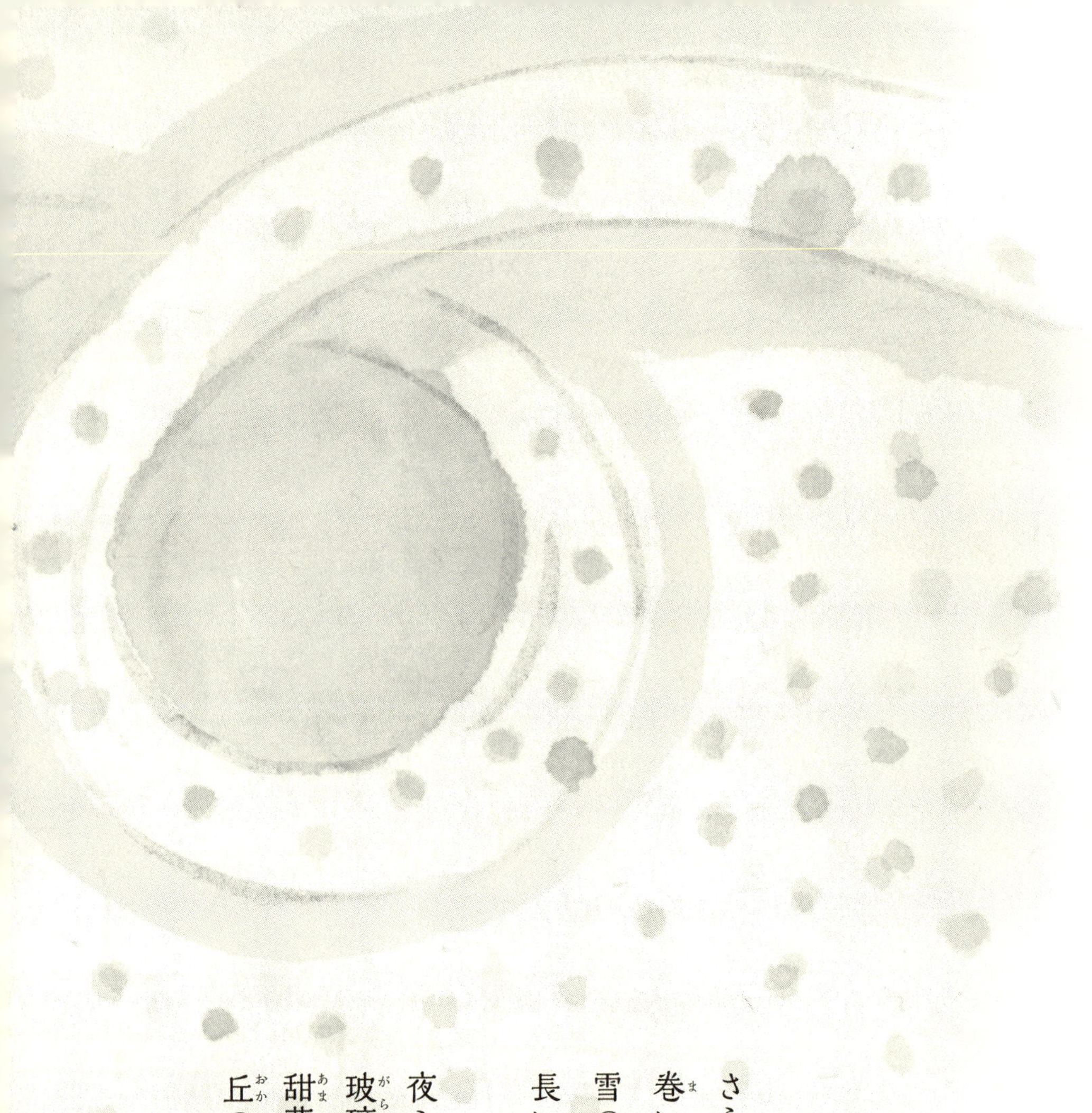

雪の手紙

西條八十《やそ》

さらさらと
巻《ま》いていく
雪の手紙の
長いこと

夜ふけの窓の
玻璃《がらす》ごし
甜菜畠《あまなばたけ》も
丘《おか》の木も

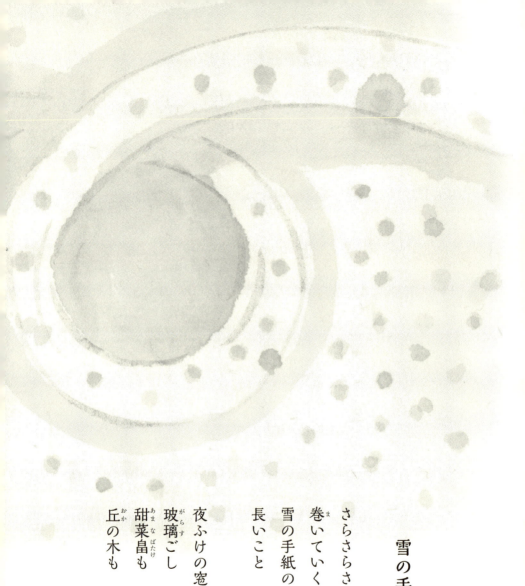

星もかくして
白々《しらじら》と
家《うち》のまわりを
巻いていく

誰《だれ》に宛《あ》てての
たよりやら
雪の手紙の
長いこと

『西條八十童謡全集』（大正13・5）

大きなお風呂《ふろ》

有賀《ありが》　連《れん》

誰《だれ》も知らない
ところです。
とても大きな
お風呂《ふろ》です。
月はひとりで
はいります。
月があがった
そのあとは、
星がみんなで
はいります。

「赤い鳥」（大正14・12）

夜《よ》店《みせ》

有賀《ありが》 連《れん》

とびうお
光る
波止場《はとば》に、
月夜に
とまる
商船。
夜店《よみせ》の
小さな
あかりに、

金魚《きんぎょ》
かった
船長。

「赤い鳥」（昭和2・11）

月の中

佐藤義美《よしみ》

月の中には
菜の花が　いっぱい、
菜の花、
菜の花。

月の中から
風はきいろい、
菜の花が
とんでくるから。

菜の花、
菜の花、
菜の花は　つめたい、
月の中では。

「赤い鳥」（昭和3・6）

島

新《にい》美《み》南《なん》吉《きち》

島で、或《ある》あさ
鯨《くじら》がとれた。
どこの家《うち》でも
鯨《くじら》を食べた。

髭《ひげ》は、呻《うな》りに、
売られていった。
りらら、鯨油《あぶら》は、
ランプで燃えた。

鯨《くじら》の話が、
どこでもされた。
島は、小さな、
まずしい村だ。

「赤い鳥」（昭和7・12）

*呻《うな》り　凧《たこ》につける弓状の物でブーンとうなる

露《つゆ》

北原白秋《はくしゅう》

露《つゆ》はするするのぼります。
篠《ささ》のほさきにうまれます。

露《つゆ》は揺《ゆ》れます、ふくれます。
まろい、ゆらゆら、玉ひとつ。

露《つゆ》は落ちそで、あぶないな。
だけど、はずんで、またふとる。

露《つゆ》はかわいいよい坊《ぼう》や、
目鼻ついてる、笑ってる。

露《つゆ》は夜《よ》っぴて、夜あけまで、
月の光をためてます。

『赤い鳥傑作集』（昭和20・6）

漣《さざなみ》は

北原白秋《はくしゅう》

漣《さざなみ》は誰が起《おこ》すの。
葦《あし》の根の青い鴨《かも》だよ。
鴨《かも》の首　月をあびるよ。
みづかきがちらちらうごくよ。

くろい影　なんでうごくの。
でこぼこの水の揺《ゆ》れだよ。
おや、鴨《かも》はどこへいったろ、
波ばかりちらちらひかるよ。
ほいそうか、鴨《かも》が見えぬか、
あまり照る月のせいだよ。

『女性』（昭和2・3）

大漁《たいりょう》

金子みすず

朝焼《あさやけ》小焼《こやけ》だ
大漁《たいりょう》だ
大羽鰮《おおばいわし》の
大漁《たいりょう》だ。

浜は祭《まつり》の
ようだけど
海のなかでは
何万の
鰮《いわし》のとむらい
するだろう。

「童話」（大正13・3）

コンコン小雪《こゆき》

槙本楠郎《まきもとくすろう》

坊《ぼう》やよ、坊《ぼう》やよ、よくおきき
父さん小さいその時は
お腹《なか》がすいてもお米ない
コンコン小雪《こゆき》の降る晩は
ひとりで田圃《たんぼ》の夢見てた

コンコン小雪がお米なら
どんなに気ままに
食べられように

坊《ぼう》やよ、坊《ぼう》やよ、よくおきき
母さん小さいその時は
寒うても着物はただ一つ
コンコン小雪の降る晩は
ひとりでお屋根の雪見てた

コンコン小雪が綿《わた》ならば
どんなにぬくぬく
着らりょうに

童謡集『赤い旗』（昭和5・5）

ササノハ

山村暮鳥《ぼちょう》

ササノハ
サラサラ
サミシイナ。

ヒグレノ
ヤマミチ
サミシイナ。

ヒグレノ
ヤマミチ
カゼノミチ。

イタチノ
コドモガ
トビダシタ。

『日本童謡集』初級用（昭和2・6）

水たまり

西條八十《やそ》

水たまり　水たまり、
くさんなかの　水たまり、
ゆうべは　がんが　うつったろ
かえる　がんが　うつったろ。

こんやは　ほしが　うつってる。
うつって　ひかって　ふるえてる。

ゆうぐれの　水たまり、
くさんなかの　水たまり。

『日本童謡集』初級用（昭和2・6）

ねむのはな

野口雨情《うじょう》

ねむれ、ねむれ、
ねむのはな　ねむれ。

あしたの　あさは、
にじのはし、かかる。

にじのはし、かかりゃ
おこしに　ゆくぞ。

ねむれ、ねむれ、
ねむのはな　ねむれ。

にじのはし、かかる、
ゆめみて　ねむれ。

『日本童謡集』初級用（昭和2・6）

海と太陽

小川未《み》明《めい》

海は昼眠《ね》る　夜も眠《ね》る
ごうごう　鼾《いびき》をかいて眠《ね》る

昔　むかし　おお昔
海がはじめて　口開《あ》けて
笑った時に　太陽は
眼をまわして驚《おどろ》いた
可愛《かわい》い花や　人達を
海が呑《の》んでしまおうと

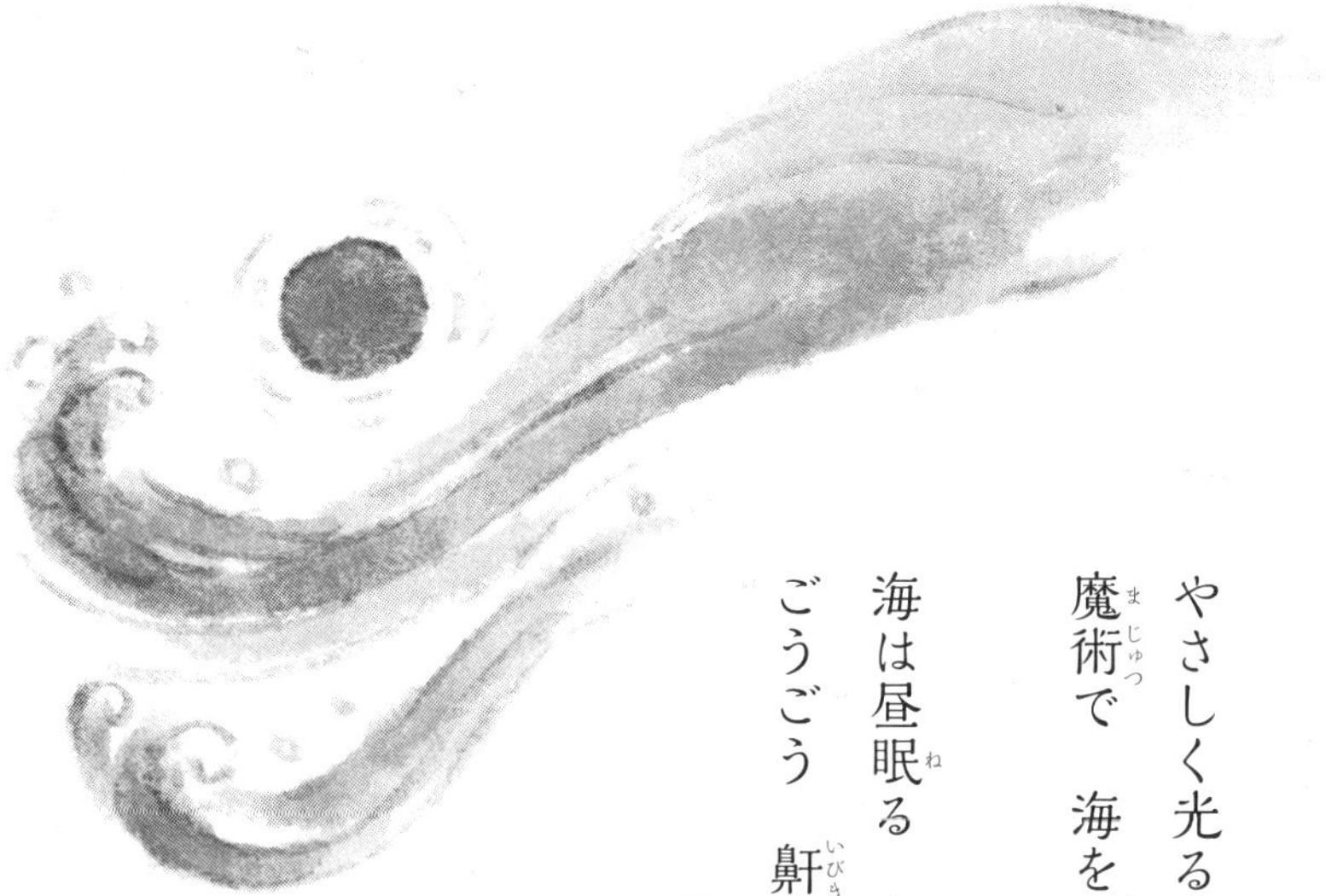

やさしく光る太陽は
魔術《まじゅつ》で　海を眠《ねむ》らした
海は昼眠《ね》る　夜も眠《ね》る
ごうごう　鼾《いびき》をかいて眠《ね》る

『おとぎの世界』（大正8・6）

III

友だち、家族

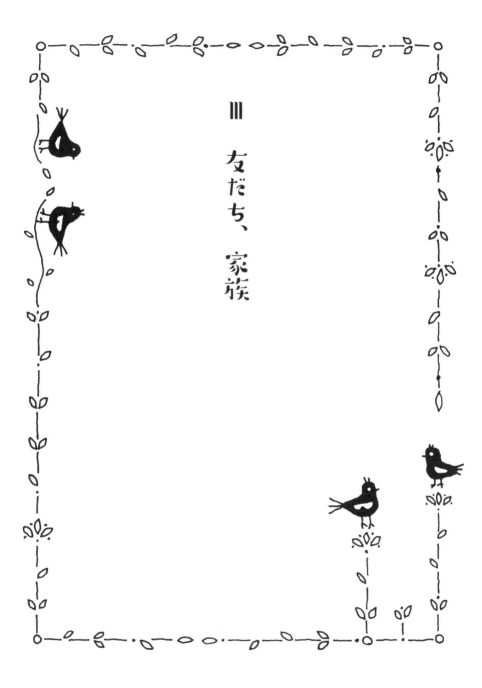

夏

佐藤義美《よしみ》

いつ咲いた
雛菊《ひなぎく》
夏がきたの

山、路《みち》
青葉《あおば》
遠海《とおうみ》よ

かあさんは
雛菊《ひなぎく》
すきだった

わたしは
海が
すきだった。

「童話」（大正14・8）

畑《はた》

藤井樹郎《じゅろう》

小牛《こうし》のゆくみち、
桐《きり》の花咲いた。
「咲いた」と言った。
火星を見ている、
雑草《ざっそう》の畑《はた》で。
　誰《だれ》だか、誰《だれ》だか、
　それきいて笑った。

ペンキの柵《さく》にも、
お月さんがまるい。
「まるい」と言った。

ペンキのにおいが、
流れてるお空に。
誰《だれ》だか、誰《だれ》だか、
それきいて笑った。

『赤い鳥童謡集』（昭和5・11）

小母《おば》さまと菊

佐藤義美《よしみ》

小母《おば》さまは
お坐《すわ》りなさる
おひさしう
きませなんだと

小母《おば》さまは
菊を下《くだ》さる
畑から
剪《き》ったばかりの

小母《おば》さまは
お話なさる
郊外《こうがい》の
秋のことなど

小母《おば》さまは
菊のにおい
菊のにおいが
沁《し》みていなさる

「児童文学」2（昭和7・3）

しぐれ

西條八十《やそ》

時雨《しぐれ》のこびとよ、
下《お》りてこい。

金の洋燈《らんぷ》を手に持って、
足並そろえて、
夜更《よるふ》けて、
ぼくのお部屋に下《お》りてこい。

時雨《しぐれ》のこびとよ、
覗《のぞ》きにこい、

金の洋燈《らんぷ》をちょいと消して、
ぼくと母さんと、
眠《ねむ》ってる、
お窓の玻璃《がらす》を覗《のぞ》きにこい。

『日本童謡集』（昭和2・8）

願《ねが》い

与謝野晶子《よさのあきこ》

虹《にじ》のような衣物《きもの》
光る衣物《きもの》
着《き》いたいな

鳩《はと》のような白靴《しろぐつ》
細靴《ほそぐつ》
穿《は》きたいな

天馬《てんま》のような大馬《おおうま》
青い馬
乗りたいな

みんなで着《き》いたいな
みんなで穿《は》きたいな
みんなで乗りたいな

そしてみんなで行《ゆ》きたいな
森の奥の花園へ
みんなで踊《おど》りに行きたいな

『日本童謡選集』（大正10・10）

おもちゃのふね

西條八十《やそ》

ゆきの　ふるよに
かあさんの、
ひざに　もたれて
おもうこと。

あかいほ　かけた
おもちゃのふねは、
なつの　かわらに
わすれたふねは、
どこへ　ながれて
いったやら。

『日本童謡選集』初級用（昭和2・6）

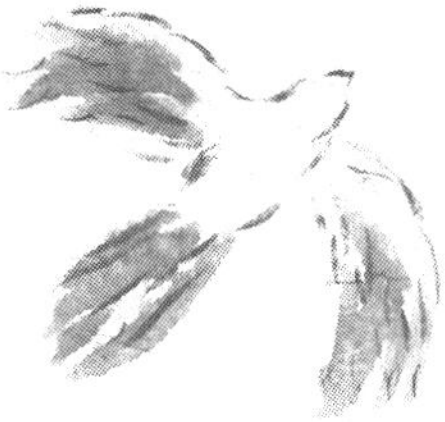

秋風

西條八十《やそ》

秋の風はうれしいな。
秋の風を聞いてると、
お父さんの声がする。
お母さんの声がする。

見わたすかぎりはるばると、
野山を越えてくる風よ。
燕《つばめ》のように故郷《ふるさと》の、
海をわたって来る風よ。

ほんとうにおまえを聞いてると
遠く　遠く、なつかしい。
お父さんの声がする。
お母さんの声がする。

『日本童謡選集』上級用（昭和2・6）

舟《ふね》の灯《ひ》

相《そう》馬《ま》御風《ぎょふう》

くらいさびしい
夜の沖《おき》。
いかつり舟《ぶね》の
灯《ひ》が見える。
どれがおうちの
舟《ふね》だろう。
いくつも、いくつも
灯《ひ》が見える。

うちのとうさん
真夏《まなつ》でも、
沖《おき》は寒いと
いっていた。
ときどき波に
かくれては、
チラチラ舟《ふね》の
灯《ひ》が見える。

「金の鳥」（大正11・8）

銀河《ぎんが》の歌

堀切利高《ほりきりとしたか》

地球はまずしい　さびしいの
銀河はゆたかに　やさしいの
だから地球の　しずむよは
ぽっかりつつんで　くれるでしょう

地球のこどもは　さびしいの
銀河のこどもは　あかるいの
だから地球の　しずむよは
みんなでよんで　くれるでしょう

地球はひとりと　思っても
あなたはひとりと　思っても
空には銀河が　ながれてる

ほら　君《きみ》わかるかい
あれが銀河だよ

「早稲田童謡」（昭和20〜23年頃）

お山の大将《たいしょう》

西條八十《やそ》

お山の大将《たいしょう》
俺《おれ》ひとり
あとから来るもの
つき落《おと》せ

ころげて　落ちて
またのぼる
あかい夕日の
丘《おか》の上

子供《こども》四人が
青草《あおくさ》に
遊びつかれて
散りゆけば

お山の大将《たいしょう》
月ひとつ
あとから来るもの
夜ばかり。

「赤い鳥」（大正9・6）

薬《くすり》とり

西條八十《やそ》

鳥は鳥ゆえ
おとなしく
林の奥の巣《す》にねむり

月は月ゆえ
さびしくも
はるばる空をひとり旅

僕《ぼく》は兄ゆえ
たのまれて
遠い夜道を薬《くすり》とり

『西條八十童謡全集』（大正13・5）

Ⅳ　あの日のわたし

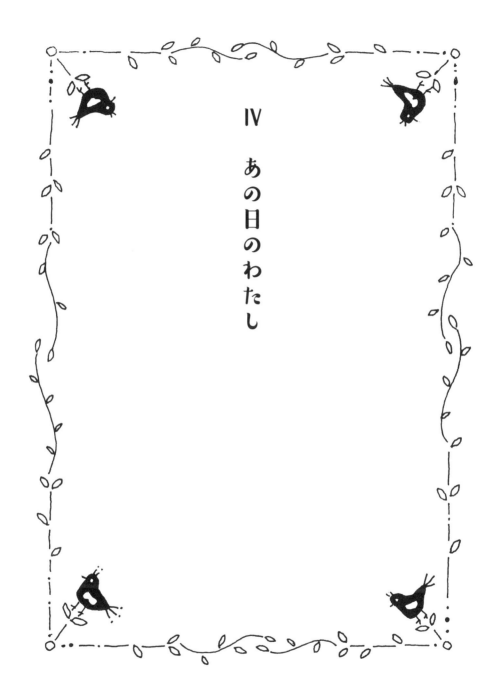

怪我《けが》

西條八十《やそ》

ふいても　ふいても
血が滲《にじ》む
泣いても　泣いても
まだ痛《いた》む
ひとりで怪我《けが》した
くすり指

ほかの指まで
蒼《あお》ざめて
心配そうに
のぞいている

「赤い鳥」（大正9・4）

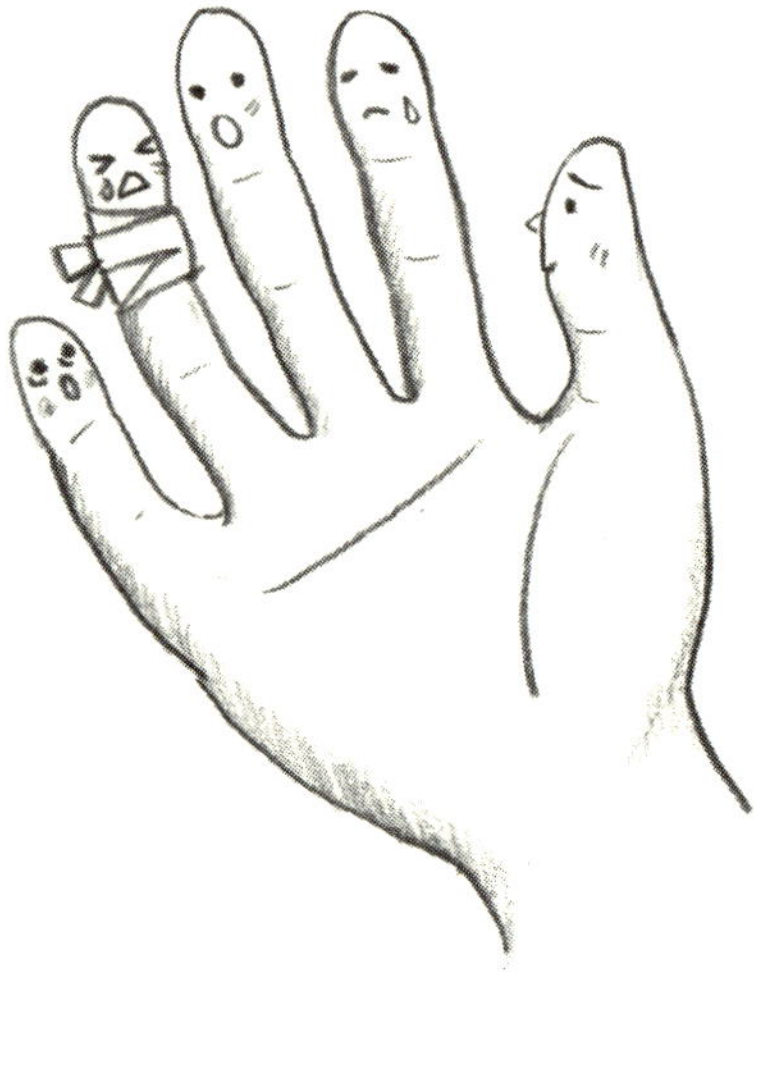

ぼくのボール

竹久夢二《たけひさゆめじ》

ぼくが打った
ボールは
センターを
越えて
垣《かき》を越えて
雲の中へ
飛んでいった
いくらさがしても
見つからなかった

夜になったら
天のまん中で
星のように
光るだろう

「小学少年」（大正13・4）

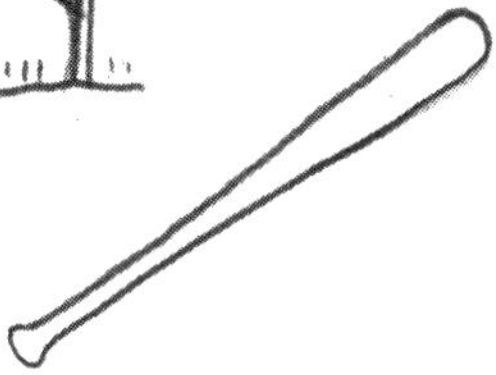

鉛筆《えんぴつ》の心《しん》

西條八十《やそ》

鉛筆《えんぴつ》の心《しん》
ほそくなれ
削《けず》って　削《けず》って
細くなれ

三日月《みかづき》さまより
なお細く
芦《あし》の穂《ほ》よりも
なお細く
燕《つばめ》の脚《あし》より
なお細く
ズボンの縞《しま》より
なお細く

朝の雨より
まだ細く
豌豆《えんどう》の蔓《つる》より
まだ細く
螽蟖《ぎっちょ》の髭《ひげ》より
まだ細く
香炉《こうろ》の煙《けむり》と
消えるまで

鉛筆《えんぴつ》の心《しん》
ほそくなれ
削《けず》って　削《けず》って
細くなれ

「赤い鳥」（大正8・7）

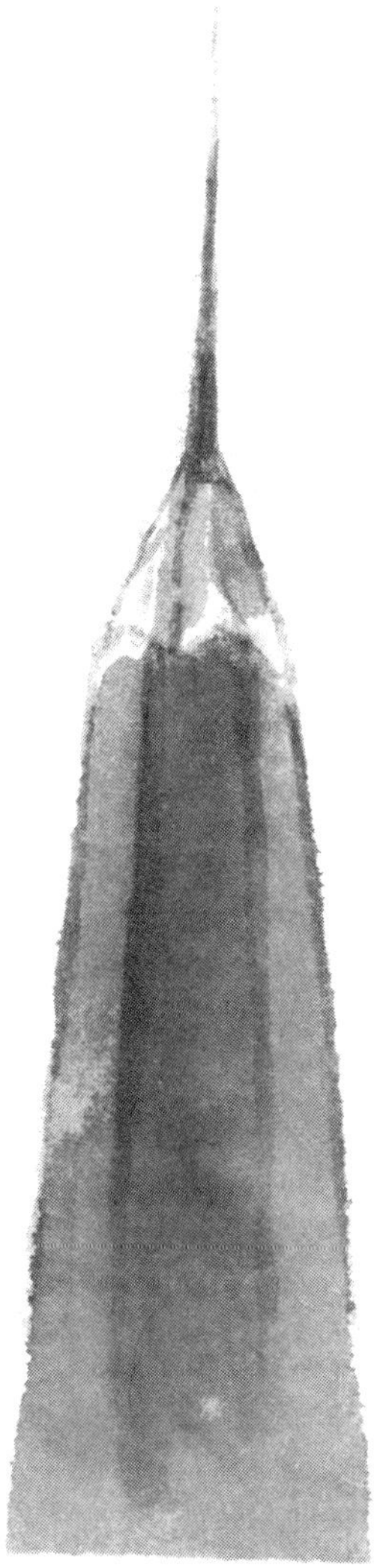

花子の熊《くま》

与謝野晶子《よさのあきこ》

雪がしとしと降ってきた。
玩具《おもちゃ》の熊《くま》を抱《だ》きながら、
小さい花子は縁《えん》に出た。

山に生《う》まれた熊《くま》の子は
雪の降るのが好きであろ、
雪を見せよと縁《えん》に出た。

熊《くま》は冷たい雪よりも、
抱《だ》いた花子の温かい
優《やさ》しい胸《むね》を喜んだ。

そして、花子の手の中で、
玩具《おもちゃ》の熊《くま》はひと寝入り。
雪はますます降り積《つ》もる。

（「少女の友」大正8・12）

貰《もら》い子《ご》

野口雨情《うじょう》

貰《もら》われました　貰《もら》われました
小さい時に
貰《もら》われました

お父《と》さん居《い》ない　お母《か》さん居《い》ない
お馬にのせて
貰《もら》われました

どの山越えた　どの川越えた
お馬に乗せて
貰《もら》われました

お馬も嘶《な》いた
わたしも　泣いた
小さい時に
貰《もら》われました

「小学男生」（大正10・3）

夜中

北原白秋《はくしゅう》

おうちの寝間《ねま》で
わたしは寝てた。
あかりが点《つ》いて
人《ひと》ごえしてた。

見知らぬ部屋に
わたしは寝てる。
あかりが点《つ》いて
人《ひと》ごえしてる。

どこだか知らぬ
誰《だれ》だか知らぬ。
あかりが点《つ》いて
人《ひと》ごえしてる。

「赤い鳥」（大正14・6）

ABC《エービーシー》

西條八十《やそ》

はじめて英語を
ならってみたら
A《エー》という字は
はしごに似《に》てた
B《ビー》という字は
あぶくに似《に》てた
Cという字は
つり針に似《に》てた

みんな書いたら
手帳《てちょう》のかみが
杭《くい》のならんだ
川のようになった

「子供之友」（大正15・6）

草に寝て

北原白秋《はくしゅう》

雲はずんずん飛んでゆく。
雲は大きい白い鳥。

僕《ぼく》は寝ている草の上、
荒地野菊《あれちのぎく》の花のなか。

雲のつばさは明るくて、
まるで光がふるようだ。

白いつばさのあの端《はし》の
ちょうどあの下、あのあたり。

今はどこだろ、どこの町、
僕《ぼく》の知らない野《の》っ原《ぱら》か。

雲はほんとにいいんだな。
いつもどこへも飛んでゆく。

僕《ぼく》の知らないどっかにも、
僕《ぼく》見《み》たいな子もいるんだろな。

雲はずんずん飛んでゆく。
僕《ぼく》は寝ている草のうえ。

『赤い鳥傑作集』（昭和30・6）

五十音《ごじゅうおん》

北原白秋《はくしゅう》

水馬《あめんぼ》赤いな、ア、イ、ウ、エ、オ。
浮藻《うきも》に小蝦《こえび》もおよいでる。

柿《かき》の木、栗《くり》の木、カ、キ、ク、ケ、コ。
啄木鳥《きつつき》こつこつ、枯《かれ》けやき。

大角豆《ささげ》に酢《す》をかけ、サ、シ、ス、セ、ソ。
その魚浅瀬《うおあさせ》で刺《さ》しました。

立ちましょ、喇叭《らっぱ》で タ、チ、ツ、テ、ト。
トテトテタッタと飛び立った。

蛞蝓《なめくじ》のろのろ、ナ、ニ、ヌ、ネ、ノ。
納戸《なんど》にぬめって、なにねばる。

鳩《はと》ぽっぽ、ほろほろ、ハ、ヒ、フ、ヘ、ホ。
日向《ひなた》のお部屋にゃ笛《ふえ》を吹く。

蝸牛《まいまい》、螺旋巻《ねじまき》、マ、ミ、ム、メ、モ。
梅《うめ》の実落ちても見もしまい。

焼栗《やきぐり》、ゆで栗《ぐり》、ヤ、イ、ユ、エ、ヨ。
山田《やまだ》に灯《ひ》のつく宵《よい》の家。

雷鳥《らいちょう》は寒かろ、ラ、リ、ル、レ、ロ。
蓮華《れんげ》が咲いたら瑠璃《るり》の鳥《とり》。

わい、わい、わっしょい。ワ、イ、ウ、エ、ヲ。
植木屋、井戸《いど》換《が》え、お祭《まつり》だ。

「大観」（大11・1）

かくれんぼ

若山牧水《わかやまぼくすい》

まアだだよ、
まアだだよ。
石の蔭《かげ》にはとかげがいるし、
椎《しい》の木蔭《こかげ》は蜘蛛《くも》の巣《す》だらけ。

もういいか、
もういいか。
門の横には車があるし、
塀《へい》のこちらは花ばたけ。

もういいか、
もういいか。
まアだだよ、
まアだだよ。

『日本童謡集』上級用（昭和2・8）

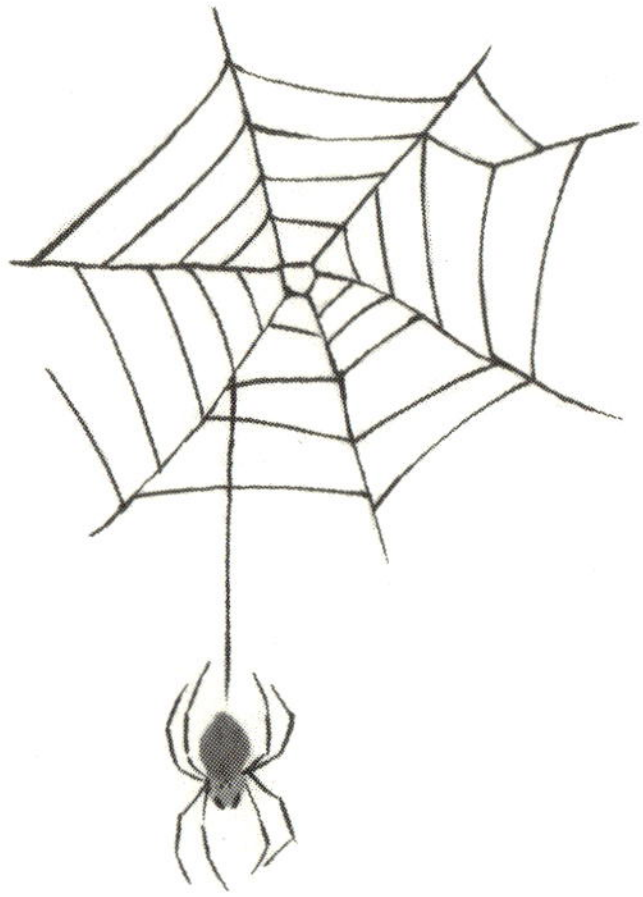

大正の童謡

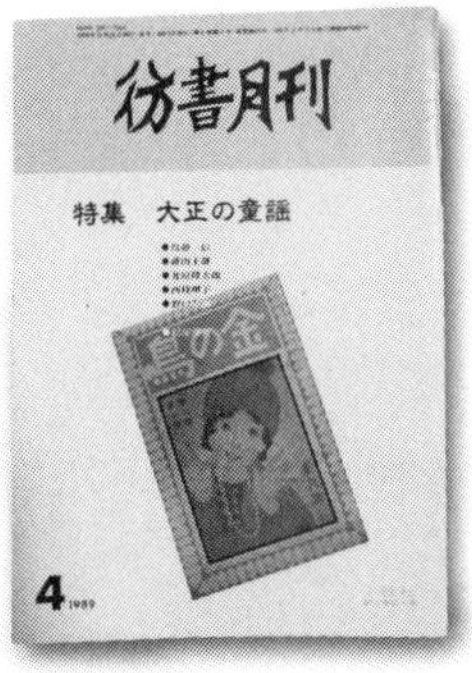

（掲載誌）
「大正童謡詩人群像」藤田圭雄／「白秋童謡の世界と禅」北原隆太郎／「八十の童謡考」西條嫩子／「野口雨情の童謡」野口存彌／「児童自由詩」宇野光雄／『金の鳥』総目次（1）作成：堀切利高（以上・『芳書月刊』1989年4月号）
「藤井樹郎の『喇叭と枇杷』」宇野光雄（『芳書月刊』1986年11月号）
「有賀連の童謡集『風と林檎』」宇野光雄（『芳書月刊』1986年12月号）
『金の鳥』総目次 (2) 作成：堀切利高（『芳書月刊』1989年5月号）

大正童謡詩人群像

藤田　圭雄

　大正十四年五月三日、大森の望翠楼ホテルで、童謡詩人会の発会式が催された。そして六月十七日、新潮社から『日本童謡集一九二五年版』を出版している。編纂委員は、川路柳虹、北原白秋、西條八十、白鳥省吾、竹久夢二、野口雨情、三木羅風で、白秋が十ページに及ぶ長文の序文を書いているが、それは六月八日、『読売新聞』の月曜附録に「『日本童謡集』成る」と題して発表されたものの再録である。その上この本は、四六判布装の普及版の他に、菊判、本文二色刷の特製本二百部を作り、それはこの本の印刷所である富士印刷株式会社の創立五周年の記念として株主その他に寄贈されている。本の印刷が六月十二日で、新聞掲載が八日だから、新聞の原稿は、本の「序」として書いたものをそのまま提供したのだろう。長文の序文がそっくり新聞に載ったり、童謡集の特製本が会社の記念品に使われたり、ともかくその当時は童謡にそれだけの市場価値があった。

　会員は当時の代表的童謡作家三十三人で、翌十五年七月七日には新会員十六人、一般応募入選作二十六を加え、一九二六年版を出している。

　白秋は「序」の中で、「私どもは今日の童謡復興に於ける自覚乃至は創作の先後、功績の大小等に就いて、内に相鬩いで決して相互の童心を毀傷すべきでない。ただ真の芸術価値を価値とし、相寄り相集って、自己乃至日本の童謡の大成を徐に期すべきである。」といっている。実際、大正時代を通じ、白秋、八十、雨情を始めとする、それぞれ個性の強い詩人たちが大同団結を果したのはこの時だけである。第二集を出して間もなく、中心となる力が弱く、自然

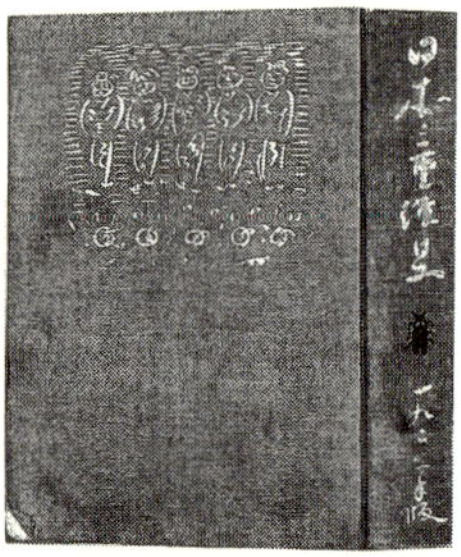

『日本童謡集1925年版』
童謡詩人会編　新潮社刊

消滅の形で雲散霧消してしまった。

この編纂委員（第二集では審査編纂委員）七名の中、白秋、八十、雨情を別にすると次に指を屈するのは三木羅風であろう。「羅風」は「露風」であって、大正四年七月、函館トラピスト修道院に行き、それ以来度々同地を訪れ、十一年受洗、十三年頃から「羅風」と号していた。そして十五年八月、「前略　小生今度雅号を初の『露風』に致しました。それは羅風は親しみがないと云ふ事をあちこちから聞かされましたから舊の露風に帰つたのです。右御通知致します。」という葉書をあちこちに配っている。ちょうどこの童謡詩人会時代が「羅風」の時だった。

『赤い鳥』の創刊に際し鈴木三重吉は、その童謡の制作と応募作の選を露風に依嘱したということが露風自筆の年譜に書かれているが、露風は白秋を推薦し、自分は『こども雑誌』や『良友』に拠り、童謡集『真珠島』『お日さま』『小鳥の友』の三冊に残る童謡を作っている。その中には山田耕筰や、和蘭の修道士タルシスの作曲のものもあるが、すでに詩人としての頂点を過ぎた露風の作品は、淡白で魅力がうすく、大正十年八月号の『樫の実』に発表、昭和二年に山田耕筰によって作曲された「赤蜻蛉」以外、ほとんど忘れられている。

童謡詩人会発会時のメンバーを見ていると、当然そこにあっていい二人の名が記されていないのに気がつく。山村暮鳥と島木赤彦だ。暮鳥は大正十三年十二月八日死んだので仕方がないが、赤彦が死んだのは十五年三月二十七日だ。胃癌の為下諏訪の柿蔭山房に隠棲していたので会に参加しなかったのかもしれない。

島木赤彦は『アララギ』の中心的存在だったが、千葉省三の依嘱を受け、大正九年十月号以来『童話』に、ほとんど毎号、死の直前まで、総計六十七篇の童謡を発表。それは、三冊の『赤彦童謡集』としてまとめられている。

赤彦は、明治三十一年、長野県師範学校を卒業し、大正三年上京して歌道一筋に生きるまで、長く小学教育に従事していたこともあり、童謡を作るについても教育者としての顧慮が根底にあった。作歌に「鍛錬道」を説いているが、童謡ではそれが一層はっきりしている。郷里信州の風土をうたったものが多く、そのイメージの把握の明確さと、それを表現することばの自由な駆使は、さすが第一流の歌人で、同じ郷土の詩人といっても、野口雨情とはまた別の趣きがある。しかし結局、赤彦にとって全身全霊を傾注する芸術は和歌だけで、童謡は楽しく子どもに語りかける余技に終ったようだ。

大正期は童謡の全盛時代で、児童雑誌だけでなく、新聞や一般の雑誌も競って童謡を載せたので、各方面で童謡の新人発掘が盛んに行われた。歌人では、島木赤彦より一年早く、大正八年十一月創刊の『金の船』の巻頭に、若山牧水の童謡がある。牧水は以後、十五年五月までに『金の船（金の星）』に、総計五十四篇の童謡があり、童謡集『小さな鶯』もある。

赤彦が千葉省三に依頼されて童謡を作り出したように、牧水は『金の船』の編集者斎藤佐次郎によって発掘された。作品も赤彦に似た写生的なものに佳品が多く、「茅萱のうへに／ほろほろと／きいろい／胡桃の葉が落ちる」といった、美しい自然の捉え方はあざやかなものだ。それをそのまま鋭いリズムでまとめればよいのに、子どもということを意識し過ぎて、例えば「窓《まアど》のさアきの木《きイ》の芽」などといった風に、妙に甘ったるいリズムの謡を作っている。ただ、九年八月号の「はだか」は、「裏の田圃で／水いたづらをしてゐたら／蛙が一匹／草のかげからぴよんと出て／はだかだ〳〵と鳴いた／やい蛙／お前だつてはだかだ」という、自由律の、のびのびとした作品だ。いかにも野人牧水らしい、生々とした情感のあふれる謡で、こういう傾向の童謡をどしどし作ってほしかった。

『赤い鳥』の出発に当って鈴木三重吉は、「子供等に向つて真に芸術的な謡と音楽とを与へ」といっている。そして白秋、八十、雨情らによって「日本の風土、伝統、童心を忘れた小学唱歌」に対抗して「芸術的歌謡」としての童謡が花咲いたことはきわめて意義深いのだが、それと同時に、この牧水の「はだか」のような「自由律の詩としての童謡」の試みももっとあってよかったのではないか。牧水にはこの作品を入れて五篇ほどの少年詩風の作品があるが結局単なる試みに終ってしまった。

その他歌人では、茅野雅子、与謝野晶子、山田邦子、若山喜志子、西出朝風《ちょうふう》、相馬御風《ぎょふう》、前田夕暮、安成二郎らに童謡作品があるが、今日に残っているのは相馬御風の「春よ来い」位なものである。また、歌人がこれだけ動員されているのに俳人では荻原井泉水が、荻原幾太郎《いくたろう》の名で『おとぎの世界』その他に四、五篇の童謡を作っているだけだ。

ところで、ここにもう一人、大正期の童謡詩人として忘れてはならぬ人がある。それは前に名前をあげた山村暮鳥だ。

白秋と八十が『赤い鳥』に、牧水と雨情が『金の船（金の星）』に、赤彦と八十が『童話』にとそれぞれ作品発表の拠点を持っていたのに対し、山村暮鳥が大正八年九月号から、十一年九月号（十月号で雑誌廃刊）まで童謡の筆を執った『おとぎの世界』は、新内節の家元岡本文弥こと井上猛一の編集で文光堂から創刊された。最初の六冊は小川未明監修で、初山滋の表紙絵が魅力だった。しかし編集は行き当りばったりで、思いもかけぬ珍しい作家が登場するかと思うと、さしえが横向きになっていたり、穴埋めにいい加減な童謡とも何ともいえぬものが載ったりしていた。そこに暮鳥が毎号童謡を書くようになり、九年二月号から十一年三月号までは長編童話『鉄の靴』を連載、その魅力で何となく命脈をつないでいた。

その頃、暮鳥は健康を害し、妻子を東京に残して、茨城県大洗の小林楼で静養していた。そこへ『おとぎの世界』からの話が持込まれた。病後の暮鳥にとっては、適当な分量の仕事であり、経済的な安定も得、その上、『聖三稜玻璃』を最後に平明化したその詩の進路にも適合したものだった。

暮鳥は毎月、自己の詩心の赴くまま、楽しそうに童謡を作っている。それは白秋にも八十にも雨情にもない独得なものだ。それは、深い人道的な思想に根ざした、純日本的な、俳諧的な、美しく、簡明で、純粋な詩である。発表の舞台が弱体であったこともあり、うたわれる謡としての作品も皆無で、今日ほとんど忘れられているが、大正九年三月号に発表された「鰹釣り」は、風土の香り高い強いことばで、調子も自由に、のびのびと描かれた、大正期童謡の代表作の一つといえる。

その他、暮鳥同様、うたわれる謡がないのと、童謡詩人会時代には、筋違いのわらべうた風の、子どもに媚びた甘ったるい謡に堕してしまったが、大正八年の『歌時計』時代の竹久夢二の存在も忘れてはならぬ。牧場のさくの上を「よつちらよつちら」尺を取っている「尺取虫」などは、その姿をおもしろそうに眺めている詩人の気持を楽しくうたいあげている。

もう一人、浜田広介がいる。広介は、小川未明、坪田譲治と並んで童話の御三家といわれた人気作家だが、童謡集『小鳥と花と』があり、童謡の製作に当っては、単純、平明を第一とし、無理にやさしくしたり、子どもに甘えたりせず、きっちりと、韻律の整ったものを志している。代表作の、大正十一年十二月号の『小学男生』に出た「みぞれ」なども「みぞれ／北風／坊主山」と単語をならべただけの強いリズムのもので。そのひびきが子どもの心に伝わればよいといっている。

その他、編纂委員の川路柳虹、白鳥省吾をはじめ、古い人では河井酔茗、薄田泣菫、泉鏡花らがいるし、葛原𦱳、鹿島鳴秋、清水かつら、久保田宵二らを中心に展開されたレコード童謡の流れもある。

ともかく大正という時代は、ジャーナリズムの世界で童謡の需要が多かったので、いい悪いの区別なく夥しい作品が作られた。その一応の整理と、しめくくりの役目を果したのが童謡詩人会といえよう。（ふじた・たまお　童謡詩人）

白秋童謡の世界と禅

北原 隆太郎

「からたちの花が咲いたよ」という一句には、「一華開いて世界起る」の趣きがある。

白秋童謡の世界が開花したその本源は、詩集『思ひ出』（明治四四年）に結実した幼時回想には尽きない。三浦三崎、小笠原父島と三界流離を経て、詩集『白金之独楽』（大正三年末）で転迷開悟した、本源自性の天真仏にある。三日三夜の法悦三昧とは稀なる出来事で、続く戦争諷刺詩「地雷爆発」も、よくぞ官憲の検閲の網を潜りぬけたものである。

八年後、大正十二年早々の大雪は、嬰児の私の眼にどんなに目覚ましく映ったことか。『水墨集』の大半の詩が、その大雪の中で生まれたが、同時期に『象の子』や『二重虹』のほとんどの童謡が、ちょうど一年前に『祭の笛』の大半の童謡が、それぞれ発表された。

『二重虹』のお蔭で、私はごく幼い頃から父の貧しい葛飾時代の生活を、わが前世のことのように懐しんでいる。江戸川べりで父が覚めた「童心」は「仏心」と別ではない。

唯識の方で転識得智というが、小田原伝肇寺の一隅で父が執筆した『雀の生活』の詩文には、平等性智や妙観察智が活きて働いている。雀と一体となった無相の自己の行為的直観があり、大悲心がみち溢れている。ことさら仏教の語彙など用いなくとも、仏性の自覚そのものが、そのまま、そこに発露している。

白秋と隆太郎1937年頃
小田原山荘裏山にて撮影

「赤い鳥、小鳥、／なぜなぜ赤い。／赤い実を食べた。」とはまさに現成公案である。このなぜを、禅語では「因甚」（何によってか）という。白隠禅師が創作した公案には、このなぜを問う公案が沢山ある。「一切の衆生は肉が骨を包んでいるのに、なぜ亀は骨が肉を包んでいるのか？」といったように。

赤、白、青から図らずも、博愛、平等、自由を象徴する三色旗とフランス革命二百年とを連想した。父は十一歳の時、わが曽祖父石井業隆《なりたか》の蔵書『仏蘭西革命物語』に感奮した。業隆は進取的で、偏狭な尊皇攘夷派の凶刃に斃れた開明派の思想家、横井小楠に私淑していた。父が後年、既成の文部省唱歌を痛烈に批判し、童謡や児童自由詩にも新天地を開拓し、新たな歴史を創造しようとしたのは、父祖伝来の熱い血と識見との継承でもあった。

金素雲氏の訳書『朝鮮民謡集』（昭和四年）の序文で父は語る。上代以来、郷里西九州がいかに韓土と密接に交流していたかを。「私などは古代日本と、朝鮮、支那、南洋、或は阿蘭陀文化の雑種のやうなもの」とまで言う。決して民族主義や国家主義の偏見に囚われていない証拠の、率直な表明である。

父が『まざあ・ぐうす』（大正一〇年末）を訳したのも、決して民族の特殊性への関心などからではない。逆に、「洋の東西を問わず、世界の子供はみな同じ」との発見に驚喜し、跋文でも、『お話日本の童謡』でも、その面を強調した。英国と日本との伝統文化や人の気質の個性的差異を比較対照するのも、双方に通底する深い自己同一に覚めてのことである。『まざあ・ぐうす』を胎教に、三重吉童話や『世界童話大系』をも乳とした私は、中国戦線より辛うじて生還して以来、全人類の立場に立っている。父の思想の中でナショナリズムとも結びつきうる側面は超えたい。

大正十一年八月執筆の詩論「芸術の円光」によると、当時、生まれて百日余りの私は、父の歌う父自身の創作童謡の一々を選択し、時には声をあげて笑った。音律の連続中、「突如として思わぬ動律が生ずる」場合、私は直感的に笑った。ベルグソンは「笑は反復によって起る」という。「チョッキン、チョッキン、チョッキンナ」といった擬音の規則的反復がおかしかったのか。世尊が花を拈じたら、迦葉尊者がニッコリしたというほどのことではないが、言外の以心伝心ではあった。

大正十三年度の母菊子の日記に「坊やの新語」の欄があり、満一歳の末頃からの私が初めて発した言葉が若干書きとめられている。例えば、一月四日、「カヤノミイヤマ」「チョッキン、チョッキン、チョッキンナ」、十三日、「パパ、パパ」、十八日、「テイチャバ、キップ、チョウダイ」といったふうに。

五月十三日の項には、父母が水之尾道を散歩中、からたちの花を見たこと、即日、童謡「からたちの花」が成ったことが記される。「大変静かなよい詩で、珍しい行き方、矢張りその花に即してゐるからであらふ」との母の感想文は、父も童謡論集『緑の触角』に引用した。三日後、「午後、早川口へ散歩。朝、坊や二階の階段の一番上より落ちる。」！

「カヤノミイヤマ」とのさきの発言は、童謡「かやの木山の」に由来する。白秋童謡には起承転結の形を整えた例が多いが、第三連冒頭の、「かやの実、かやの実、／それ爆《は》ぜた」。との突発的転回は、よほど幼児の心をひきつけ、新鮮な驚きと悦びとを覚えしめたに違いない。山家の炉端の静けさを破る突発音は、何ごとをも二元的に分別してやまない成人の分別意識の奥底にも衝撃を与えよう。

公案禅では、一則の公案を透過すると、その公案への著語が課せられる。漢文の『禅林句集』の中から最も適切な句を選び出すその操作は、歌人の選歌の営みとも似ている。杜甫、李白、王維、蘇東坡といった唐宋の詩家の妙句が光っている『禅林句集』で、禅のポエジーに接して楽しかった。白秋童謡なら、諸公案の著語にふさわしい活句が無数にあって、しかも、それには第一級の音楽家達による作曲まで付き、優れた画伯達の挿絵までいろいろあるものを、と嘆じたりもした。

実際に般若道場で参禅中、苧《お》坂光龍先師の面前で、白秋童謡を「世語」として付けたこともある。「日日是好日」という公案に、「雨がふります。雨がふる。遊びにゆきたし、傘はなし、紅緒のかつこも緒が切れた……」としたり、「南泉一株花」の拶所（応用問題）「霜天月落ち夜まさに半ばならんとす、誰と共にか澄潭、影を照らして寒き」について「今夜も雨だろ、もう寝よよ。お猿が啼くだで、早よおねよ」としたりしたこともある。

雨に関する諸公案なら、「ピツチピツチ、チヤツプチヤツプ、ランランラン」とか、「テン、テン、ピン、チヤウ、ポン」とか著語しうるし、「啐啄同時」という公案なら、「ピピピ、ピツピ、ピーヨンヤン、ピヨピ」と付けることもできる。諸法実相であるから。

しかし、抱石庵久松真一先師は、「著語は本来、自分で作るべきです」と、眉をひそめられもした。そういえば、著語選びはあまり創造的な営みとはいえない。たとえ稚拙平凡であろうと、自分自身にしか言えない一句を言い得てこそ、三十棒でもはねとばせる。古人先人の言句を勝手に換骨奪胎して、強いて禅意にこじつけるのは、第一義ではない。

鈴木大拙先生は晩年、「禅は詩である」と言われた。父没後、禅に参じてきて、父がいのちを賭けた詩歌の道も、禅の道とそんなに違ったことではないことが分ってきた。

表れた作品の形だけ見れば、「詩は禅である」とは、そう軽々しくも言えないが、詩作の営みとその源泉は単なる個別三昧ではなしに、やはり王三昧から出ているに違いない。「真の神秘は実相の他にはない」とか、「無常の中に光明がある」とかいう父の基本思想は禅の見方と同じことである。机の前に坐りこんでの詩歌の制作三昧にも、活きた禅がある。純粋経験もあれば、行為的直観もある。白秋芸術は白秋禅の自己表現に他ならない。

（きたはら・りゅうたろう　FAS〔禅研究〕協会会員）

八十の童謡考

西條　嫩子

父、八十の童謡について語るのはおかしいくらいである。
父は永遠の子供であり、才能はすばらしかったが、あれだけ早大仏文学科主任になれるだけの才能と語彙を持ちながら、心爽やかな依頼には流行歌も地方民謡も書いた。いわゆる文学者達の会には出ず、自分が書いた音頭・童謡・歌謡などに心誘われると細い長身で怖れも知らず、太鼓・笛に酔うよう踊りつづけた。

父は世田谷で凶悪な強盗が恐れられている頃、夏だったので小さなベランダと庭の間の窓際の扉のまん中に、蒼白い薔薇のように蛾がはばたいていた。「どろぼう入ったって、この蛾は今動かしたら死んじゃう。そのままにしておこうよ。」と呟いた。翌朝、父の明るい声がするので行ってみると、蛾は昨夜のままで美しく微かに動きつづけていた。

今世間で流行している「マザーグース」の詩は、ソフトそのものを想わせる品の良い丸顔で、上品な声の水谷まさる氏と、先ず発見し訳しはじめて、冨山房の『世界童謡集』に収めたような気がする。しかし、「マザーグース」の絵本のような単純さへの二人の関心は長くつづかず、英国の幻想詩人ウォルター・デ・ラ・メーヤ、同じ英国の孤独の美しい女流婦人クリスティナ・ロゼッティの優しいデリケートな美しい悲しみの作品に熱中したようである。

日本人は島国生まれであり、日常の生活がきびしいので、女も男も夢まで狭くなってしまっているようだ。その狭い現実性を現代でも人々は自分にない郷愁のように絶讃している。『源氏物語』にしても、『万葉集』にしても、華麗な断片でさえ、何のセンスもなく日常的にしようとするのには問題が多い。

1975年　中央公論社刊

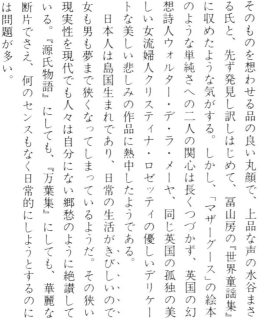

中国の子守唄（読み人知らず）

西條八十訳

二十日鼠《はつかねずみ》が蠟燭台《らふそくだい》へのぼつた
心《しん》を噛《かじ》ろとさきまでのぼつた
上りや上つたがどうして下りよ
そこで困つて泣声あげた
町中起きるよな泣声あげた
マ　マ！　マ　マ　マ！

その頃、まだ日本と中国が今ほど接近しない前なので、かえって中国のしぐさが神秘で愛しくなつかしく思われた感じである。

昔の子供部屋　（J・G・フレッチャー）

西條八十訳

鏡の疲れた面に
青い窓帷《かあてん》が映つてゐる。
もしこの反彰《かげ》を褰《かか》げ
すこし向を覗《のぞ》くことが出来たら、
私の眼には泣きぢやくる
男の子が見えるだらう、
姉が病気でほかの室《へや》に臥《ね》てゐるので
その子には遊び相手が無いのだ。
子供はぼんやりと積木を崩して
泣いてゐる。
ああ誰ひとりかれのために
Fairy《フエーヤリ》 Morgana《モルガーナ》の宮殿を築いてやるものは無い。
私にはあの窓帷が褰げられぬ。
それは硬く、凍つてゐる。

幼い昔、両親に守られていた頃のきらびやかな程の暖かさ、おおらかさ、華やかさはいくら想っても二度と戻らない、想いたくないが想わずにいられない。華やかな時の過去とのしきりを一枚のカーテンにたとえている父の新鮮なイメージ、心の郷愁をそこまで理解できうる『日本児童文学大系』の選者藤田圭雄氏は同じ牛込区に育ち、父が死ぬ前日まで便りをかわしていた、貴重な人でもある。

苺ミルク

西條八十

苺ほや〳〵
もぎたて苺、
白いミルクをちよいと掛《か》けて、
銀色のお匙《さじ》を、ちよいと添へて、
さあさ母さまめしあがれ。

苺よく〳〵
横目で見れば、
あばただらけの可愛いいお顔、
赤く太つておいしさう、
さあさあ母さまめしあがれ。

好きな母さま
お風邪でねんね、
僕が探して、姉さんがもいで、
持つて来ました、苺の料理、
さあさ母さまめしあがれ。

おもちやのお馬　　西條八十

おもちやのお馬よ　どこへ行た
どこへ行た
坊やがねんねをしてる間に

おもちやのお馬よ　どこへ行た
どこへ行た
お山を越えて　川越えて

おもちやのお馬よ　なにを見た
なにを見た
遠くのお国でなにを見た

おもちやのお馬よ
かくしても
坊やはちやーんと知つてるぞ

おもちやのお馬よ　それごらん
それごらん
お前のあんよは　どろだらけ

八十の詩は「僕は子供のためでなく大人の童心のためにも書きたい」と若き日のエッセイに述べているが、時代は意義深く高踏的に成長しているばかりでなく、リクルート事件などが国の中心では下降し、テレビもラジオも殺人事件の連続などすごい。大人までが平然とマンガを車中で読んでいる時代などで、もし生きていたら父もとまどったろう。

藤田圭雄氏編ほるぷ出版の『日本児童文学大系』よりとってみた。この恐しいような激しい二十世紀を、もし父が生きていたらオプンハイムの宇宙的怪奇小説のファンであり、幻想学者小泉八雲に傾倒した彼はどんな面白い童謡をものしただろう。

（さいじょう・ふたばこ　詩人）

野口雨情の童謡

野口　存彌

思い出のままに自己を語るといったことには概して禁欲的だったと言える。雨情の童謡がいかなる動機によって書かれたのかと検討してみた場合、内面生活においても記憶の糸をたぐりよせ、幼年期、少年期をなつかしく思い返すというような営為があった形跡はほとんど見当たらない。

事実、「童心の発露」（『詩歌時代』大正十五年五月号）で「幼年時代の追憶（たとへば、父母に対する愛着の心とか、自然に対する驚異とか）なり、又は少年時代の体験（たとへば、動植物に対する愛憎の念とか、遊戯とか）なりを歌謡の形式によつて表現されたものが童謡であつて、童謡はさうしたことによつて生れるものであると云ふ考へは、童謡に対するあまりに狭い考へで、かうした考へ方は、童謡の一部分としては受取れるが、童謡の全説明としては、首肯することは出来ないのであります」と述べている。

雨情の作品に登場する赤い夕焼け空や虹を眺めたり、花に見入ったり、蜻蛉を追いかけたりする子供は、どこの町、どこの村にもいる子供と考えなければならない。作品としての性格が民衆的乃至は民衆主義的と言われるのは、まさにそのようにどこにでもいる子供を中心に据えているからである。

そのことから、民衆主義的な子供観に立って子供のこころを田園に解放しようとしたのが雨情の童謡だと言えば、一応、説明が成り立つことになる。

しかし、一方には「なでしこ」（『日本童謡集』一九二六年版）のように木の花、草の花が夢をみることをうたった作品が存在し、単純に外光派的な自然を対象化することだけが眼目ではなかったことを知らされる。

『十五夜お月さん』
大正10年6月尚文堂刊

合歓の木の花は
昼の夢みてる
撫子《なでしこ》の花は
秋の夢みてる

合歓の木の夢は
昼の山の夢だ
撫子の夢は
秋の野の夢だ

夢が無意識の領域と深い関わりをもっている以上、この作品は一種の精神分析学的な意味を孕んだ詩作として受けとるのが妥当とも思われるが、『童謡十講』（大正十二年刊）では次のように説いている。

私達はいろいろの智識を得る前に、必ず純な、何も知らない心で、感情からすべてのものを見た時代が一度はあつた筈であります。その気持にかへつて天地万象を眺めた時、はじめてそこに童謡が作れて来るのであります。

ここで述べていることからは、詩人が対象を深くとらえるというのは、精神分析学的な問題意識などに立脚してではなく、単純きわまりない無垢な眼で対象を眺めること以外ではないのを教えられる。そのような眼で眺めた時に限り、木の花、草の花が人間と同じように夢をみるはずだとしても、決して奇異な想像ではなくなる。

「鶯の夢」（大正十五年刊『螢の燈台』収録）には鳥が夢をみることがうたわれているが、人間以外の生きもののほうが人間のような打算的な面を持ち合わせていないだけに、人間がみるそれよりもはるかに純粋無垢な夢をみることが可能かもしれない。

「梅の小枝で　梅の小枝で／鶯は／雪の降る夜の／夢をみた」という詩句で「鶯の夢」は始まっているが、この作品を読む時、『万葉集』巻五に収められている多数の梅の花の詠歌が思い合わされる。そのなかに、

いもがへに　雪かもふると　みるまでに
ここだもまがふ　梅の花かも
のこりたる　雪にまじれる　梅の花　はやくなちりそ　雪はけぬとも
雪のいろを　うばひてさける　梅の花　いまさかりなりみむひともがな

という詠歌も見出される。梅の花と純白な雪が重なりあう清浄で夢幻的な場景が古代の人のけがれない感性によって簡潔にうたいあげられている。「鶯の夢」は『万葉集』のこれらの詠歌に発想を根ざしているとみて間違いではない。

この事実は、雨情が童謡というジャンルを伝統詩につながるものとして認識していたことをさし示している。それは古くからの日本人の精神的伝統をいかにして、こんにちに継承させるかという問題を視座に据えていたことでもある。

雨情の童謡との自覚的な関わりは、明治三十二年に『少年世界』に童謡を投稿していた巌谷小波門下の中国人青年、蘇山人と明治三十四年ごろ密接な交友をもったことに始まっている（蘇山人は明治三十五年に夭折している）。当時、東基吉編輯の『婦人と子ども』におとぎ話を発表したことも童謡との関連で注目される。明治四十年に『朝花夜花』第一輯を刊行した際は、後年の「七つの子」（『金の船』大正十年七月号）の原詩となる「山烏」を収録している。

しかし、童謡詩人としての理念を確立していく経過についての分析もさることながら、ここで明言できるのは、雨情が童謡を書くうえで主眼としたのは、日本人の純粋無垢な精神を表現しようとする一点にあったということである。そうした精神はアメリカ、ヨーロッパからの影響を受ける前の、はるか遠い時代の日本人がもっていたというように判断していたと確かに言える。

ほぼ同じ問題を晩年の三島由紀夫もとりあげている。三島は中村光夫との対談『人間と文学』（昭和四十三年刊）で、欧米のキリスト教国が技術社会へと発展していく過程で、キリスト教そのものからマックス・ウェーバーのいうベルーフ（使命意識）を失ってしまったことを指摘したあと、「その点で日本はまだいいと思うのは、日本にはまだ汚れてない思想があるというのがぼくの考えだ」と述べている。近代化の過程で誰もがかえりみないままにした思想が存在するに違いないと言い、「無垢な思想、一度も使われなかった思想、それをどうやって掘りおこして、どうやってそれを文学のなかにとり入れてゆくか」という問題を三島自身の文学の課題として提起している。日本人の純粋無垢な精神が有力な文学者の芸術的営為にとって、つねに魅惑的な対象だったことが鮮明に浮かびあがってくる。

先に雨情に関して民衆的乃至は民衆主義的な性格を特徴として挙げておいたが、そのことが、ここにおいて重い意味を帯びてくる。三島由紀夫がとりあげたような問題は民衆的な枠組みのなかで取り組まない限り、普遍妥当性を持ち得ないということを雨情は察知していたと考えられるからである。

（のぐち・のぶや　近代文学研究者）

児童自由詩

宇野光雄

「泣きたいほど／ぶつかつた友だちと／二人で笑つた／放課後の出入口」（友だち）。「お裁縫のかへり／雨上りの／ばらの新芽、はかつて見た／あたらしいものさし」（新芽）。懐しい子供の世界が帰ってくるような詩だ。

「やつと今／はりかへた障子／夕やけだ」（夕やけ）。「白い蛾が／とんで行く／めうがの葉へとまつた／明るい月夜」（蛾）。新鮮な感覚がきゅんとくる。

　しかし「冬の月はきよいよ／きよい月が鳥小屋に／ながれるやうに入りこんだ／にはとりがわきによけた」（冬の月）にもなると、こわい感じさえする。

　日本児童文庫の『児童自由詩集』から思いつくままに抜いたこれらの詩を見ていると、「詩が作れる、どういふ小さな小供にも。これを思ふと、涙がこぼれさうになる。」

「抒情に於ても、自然観照に於ても（中略）立派に彼等は彼等の詩の道を行つて来るまで進んで来た」（児童自由詩について・『芸術自由教育』大正10年9月）と白秋が言うのも解る気がする。

　『赤い鳥』に始まった大正期の童謡運動は、既成詩人・歌人の雪崩のような参加をよんだが、また幾多の新人たち、たとえば、与田凖一・巽聖歌・佐藤義美・島田忠夫・佐藤八郎・金子みすず等を生んだ。もちろん大正童謡の興隆には多くの作曲家たち、山田耕筰・中山晋平・本居長世・弘田龍太郎・成田為三等の活動があったことも逸してはなるまい。

『芸術自由教育』大正10年 4月　アルス刊

　童謡を享受するのは児童であるのは言うまでもない。しかし、大正期において注目すべきことは、単なる享受層にとどまらずに、児童自身が童謡創作に参加したことであった。白秋は述べる。

　『赤い鳥』で一般投稿を募集したところ「児童自身の作るところの童謡の投書が混淆し来」「私は此の発見に驚いて、改めて成人以外の児童作品欄を設け」たが、初めは「殆どは、成人作の童謡の模倣であつた。即ち調子本位の童謡であつた。之等の模倣童謡より一転して、児童本然の感動のリズム、その自由律の形式を以て現れた作品を見た私の驚愕と歓喜とはどんなであつたか」「之を以て改めて児童自由詩の新風に着眼し、提唱を成し、此の運動の端を開いた訳であつた」と。

　かくして白秋は、成人童謡の指導以上に児童自由詩指導に没頭する。その成果が『鑑賞指導児童自由詩集成』（一九三三年八月、アルス）である。鈴木三重吉の『綴方読本』（一九三五年一二月、中央公論社）と並んで、『赤い鳥』芸術教育の二大結晶と言ってよいであろう。

　その指導・作風については、もちろん批判もある。しかし「詩が作れる、どういふ小さな小供にも」という道を開いた功績は、なんといっても大きい。

（うの・みつお　出版業）

藤井樹郎の童謡集『喇叭と枇杷』

宇野光雄

風に聴けば
パンを蒸してる
白菖が枯れてる
柘榴がなつてる
「風に聴く」より

五反田古書展の目録を見ていたら、『童話』（昭和四〇年五月号）が目にとまった。藤井樹郎追悼号のサブタイトルにひっかかったのである。藤井の特集では気にかける人もないだろうと思ったとおり、競争もなく手に入った。藤井を追悼して同じ五月号の『日本児童文学』にも小特集が組まれているが、この『童話』はタイプ印書の粗末ともいえる雑誌とはいえ、全一六〇頁すべて藤井の追悼に充てているのは、主宰後藤楢根の友情であろう。

藤井樹郎は本名井上明雄、『赤い鳥』から育った童謡詩人の一人であり、北原白秋の門下であり、『チチノキ』の同人であった。彼の童謡集『喇叭と枇杷』の序で白秋は言っている。「藤井君。君も亦赤い鳥の全盛期に於ける俊秀の作家群の一人であった。かの与田準一、巽聖歌、佐藤義美、有賀連、多胡羊歯の諸君と共に、前後して、妍を競ひ新を争つた」と。白秋編纂の『赤い鳥童謡集』（昭和五年一一月）に収載された作品数を見ても、与田の一二篇、岡田泰三の一一篇、佐藤の一〇篇に次いで、藤井は八編も採られているのである。しかし、戦後は教職にほぼ専念したため、作家としての道を歩んだ人々と違って知られることが少なかったのであった。

私が藤井を知ったのは、まだ焼跡のバラックに住んでいた二一年頃、彼が第一寺島小学校に勤めていた時で、私が早稲田の童謡研究会にいるのを知った同校の友人が紹介してくれたのである。藤井のところで私は初めて『赤い鳥』を見た。船木枳郎、黒崎義介、鈴木寿雄、佐藤義美に会った。習作を見てもらった。しばらくして藤井の提唱で研究会ができ、手刷のささやかな機関誌『木馬』も生まれた。藤井の命名である。先に教職に「ほぼ専念した」と述べたのは、こんな会もあったからである。藤田圭雄の『解題戦後日本童謡年表』には出てこない小さな動きであった。余談ながら、私たち早稲田大学童謡研究会の戦後最初の創作発表会は、二二年一一月に大隈講堂を埋めて行われたが、残念ながら（当然というべきか）これも出ていなかった。

写真は、藤井樹郎の公刊された唯一の童謡集『喇叭と枇杷』の扉である。装幀は初山滋。四六判・上製・本文二四一頁。フタバ書院成光館より昭和一七年四月に刊行された。既に太平洋戦争に突入していたが、きな臭さの全くない童謡集である。一〇頁に及ぶ白秋の序文が「昭和十七年三月　駿台　杏雲堂」と結ばれているのも印象深い。白秋はその一一月に亡くなったのであった。

（うの・みつお　評論家）

書架より

有賀連の童謡集『風と林檎』

宇野光雄

『赤い鳥』から巣立った若き童謡詩人たちの最初のアンソロジーが、前号に触れた昭和五年一一月、ロゴス書院刊の『赤い鳥童謡集』である。菊判・上製、本文三四八頁。加えて編者北原白秋の序が一三頁、目次一四頁、末尾には『赤い鳥』の応募掲載作品の年表九頁も添えてある。『赤い鳥』創刊の大正七年七月より、昭和四年三月の休刊までの一一年間を三期に分け、一〇七人、二〇〇篇の作品を七章に配した周到な編集とまって、白秋の序は、この第一期『赤い鳥』童謡の歴史を知るによい解説となっている。

わが書架の本書は、だいぶ汚れてしまったが、考えてみると戦後もまだ二二年に、井の頭線の池の上駅近くの古本屋で友人が見つけてくれたのだから、もう四〇年も手許にあることになる。少しは汚れるのも無理はない。当時、与田準一の『童謡覚書』と共に繰返し読んだものだった。だから、四〇年過ぎた今でも、幾篇かの童謡は暗誦できるほどである。忘れがたいその中の一つに有賀連の「大きなお風呂」がある。月の影を詠んでは、白秋の「漣は」が絶唱だと思うがそれは別格、この集中では「月の中には　菜の花が一ぱい　菜の花、菜の花」に始まる佐藤義美の「月の中」を読んだとき、かなわないなと思った。と共に何か負けたくないと闘志のごときものが湧いたが、有賀の作品に接したときは、好きだと誰かに言うと、遠くへ去ってしまうような気がして、ひそかに愛唱したのだった。

「誰も知らない　ところです。とても大きな　お風呂です。月はひとりで　はひります。月があがつたそのあとは　星がみんなではひります。」

佐藤作品とは違った意味でかなわないなと思った。資質の遠い差を感じたのである。いつかこんな童謡が一つでも書けたらもういいとさえ思ったのである。

有賀連の童謡集『風と林檎』は、昭和七年八月二〇日に高原書店から発売されている。菊変形判。金箔押しの小さな魚が一匹、波とともに浮かんでいるだけの紺クロス装の表紙。扉の淡いカット。各章の朱色の時計文字。「月に巴里が映ってゐると言ふ。此の風と林檎の詩人に向けて、私もほの青い眼鏡の筒を伸ばしてみよう」と語る白秋の序。そしてその中に包まれている彼の童謡群。序文六頁、本文一三八頁、後記二頁の童謡集である。

偶然のことだが、裏の見返しについている古いラベルの数字が、『赤い鳥童謡集』と同じ「120」。それが一二〇円だったのか、一円二〇銭だったのか、もう忘れた。彼の童謡ではないが、「夜店の小さな　あかりに」かった気もする。

（うの・みつお　評論家）

『金の鳥』総目次(1)

第一巻第一号（一九二二年四月一日）

＊応募作品・読者通信等は略。次号以下「編輯室より」も略す。

第一巻第二号（一九二二年五月一日）

第一巻第三号（一九二二年六月一日）

第二巻第一号（一九二三年一月一日）

第二巻第二号（一九二三年二月一日）

本誌の発行所は、牛込区矢来町11番地の金の鳥社。編輯兼発行人は飯塚哲英、印刷人は小松田勇。ただし第四号より印刷人も飯塚が兼ねた。定価は通して三〇銭。百頁前後の雑誌であった。

なお、ジャンル別の分類は主に目次に従った。＊印は編者の注記である。

（H）

『金の鳥』総目次(2)

第二巻第三号（一九二三年三月一日）

第二巻第四号（一九二三年四月一日）

第二巻第五号（一九二三年五月一日）

第二巻第九号（一九二三年九月一日）

解説　今も愛唱されている「春よ来い」が発表された『金の鳥』は、多彩な執筆者が名を列ねているわりには意外に知られることが少なかった雑誌である。発行所が中央仏教社と同じ、また予約購読者に同社発行の月刊『仏教童話』を添えた点からでも分かるように、仏教系の児童雑誌であり、全国仏教少年聯合団を主な基盤としたので、一般商業誌と違った配布範囲にあったせいかもしれない。

もちろん「教俗両界に跨つて、その両《ママ》れにも向くやうに編集」されたのだが、第二巻第七号より「教界を骨子とすることに」したという。内部事情があったのかもしれないが、その前後より魅力ある執筆者が少なくなったのは否めない。しかし、その改革も緒につかないうち、関東大震災に遭遇し、第二巻第九号、全十八冊で終ったのである（金の鳥社発行の『家庭之友』〈大正13年1月『仏教倶楽部』改題〉に吸収されたと推定される）。

なお、雑誌名『金の鳥』は、関係者にも先行の『赤い鳥』と『金の船』の折衷のように受けとめられ、編集者も気にしているが、創刊号表紙の「金翅鳥」が示すように、『法苑珠林』にあるという、インド伝説の竜を食う怪鳥、金翅《こんじ》の大鳥に拠ったのであろう。

なお、本総目次作成については、主に成田山仏教図書館にお世話になった。記して感謝申しあげる。（H）

解説

世代を超えて心に響く童謡詩

野上　暁（子ども文化評論家・日本ペンクラブ常務理事）

「童謡」という語は、古くは『日本書紀』などにも見られますが、今日的な意味が一般化するのは、一九一八年に鈴木三重吉が童話・童謡雑誌『赤い鳥』を創刊してからだといわれています。

明治政府が、伝承された子守唄などを卑俗だと排斥し、小学唱歌を普及させますが、北原白秋は西條八十らと『赤い鳥』誌上で、その非芸術性に対抗した新しい童謡作品を次々と発表して話題を呼びます。そしてその成功を追うように、『金の船』（後の『金の星』）『おとぎの世界』『こども雑誌』『童話』『お話』などの童話・童謡雑誌が次々と創刊され、それが都市の新中間層に支持されて空前の童謡ブームが起こります。

この時期に最も精力的に活躍した北原白秋は、一八八五年に現在の福岡県柳川市に生まれ、二一歳のときに与謝野鉄幹の新詩社に加入して『明星』の同人となり、出世作ともなる『邪宗門』（一九〇九年）や、抒情小曲集と銘うった『思ひ出』（一九一一年）により、当時の詩壇でゆるぎない地位を獲得します。『思ひ出』の冒頭に書かれた「わが生ひたち」では、幼い日に乳母の背中で聞かされた子守唄や、病や死を身近で体験した感受性の強い幼少期の眼を通して、夜や闇の記憶が鮮明に語られます。そこには、後の童謡作品につながるイメージが豊かに表現されています。しかも、巻頭に掲げた詩「骨牌の女王」には、「童謡」とサブタイトルが付けられているくらいですから、童謡への思いは『赤い鳥』以前から濃厚だったのでしょう。

白秋とともに『赤い鳥』で童謡を書きはじめた西條八十も、幼少期に特別な思いを抱いていました。最初の童謡集『鸚鵡《おうむ》と時計』（一九二一年）の「序」でも、年少時の思いと「私の童謡の随所に見出される奇異な幻想」の原風景に触れています。

『赤い鳥』をエポックとして隆盛期を迎えた童謡は、明治期に揺籃した近代文学が「青春」を見出す過程で欠落させた、幼少時の微細で特異な視点や幻想性を感受する白秋や八十などのように、しなやかで鋭敏な感覚を持った詩人たちによって紡ぎだされたのです。見出された幼年時の光と影と幻想は、急速な近代化の中で見逃されてきた、生命の源泉としての幼少時の輝きの再発見だったとも言えるでしょう。

白秋が『思ひ出』を上梓した五年前、小川未明と竹久夢二が編集に関わって早稲田文學社から刊行した『少年文庫』（一九〇六年）に、未明と夢二は童話と子守唄を何編も掲載しています。そこにも幼児期の美的憧憬や空想性へのしなやかな眼差しを見出すことができます。

また未明は、「童謡」と題して「わらべうた」と振り仮名をつけた三ページにわたる詩を収めていますが、星や空や雲を素材に子守歌の形式を踏襲しながら、近代童謡につながる萌芽が見て取れます。白秋は、『赤い鳥』を中心舞台として、生涯に一二〇〇編を越える童謡を残し、同誌の投稿欄から、与田準一、巽聖歌、新美南吉、小林純一、佐藤義美、有賀連、藤井樹郎などの童謡詩人を世に送り出しました。

この本で紹介される童謡は、このような童謡詩人たちとその周辺で活躍していた作家たちによって、『赤い鳥』創刊から昭和初頭に第二次『赤い鳥』が終刊（一九三六年）する頃までに書かれた作品ばかりです。つまり童謡の黄金時代の傑作集なのです。選者の堀切利高と堀切リエは、レコード化されたりラジオで歌われた童謡よりも、詩として読んでも文学性が高く、いまの子どもたちに日本語の素晴らしさと描かれた情景が情緒豊かに伝わる作品を精選しています。

一九二四年に東京浅草で生まれ育った堀切利高は、ちょうど幼児期から小学校に入学する頃が童謡ブームの最盛期に重なりました。その後、日本は中国大陸を侵略し、さらに英米を相手にした戦争に突入し、少年期から思春期を戦時下で過ごすことになります。そして、敗戦の年に早稲田大学に入学し、童謡研究会に入会するのです。東京はいたるところが焼け野原で、浮浪児たちも溢れていました。再び子どもたちが戦禍にまみれることのないようにという平和への願いとともに、戦時下で抑圧されていた幼年への熱い思いがあったのだと思います。

高校の先生を退職後に、市川の公民館で童謡の講義をされていたと伺い、ご自宅で童謡研究会当時のお話も伺いました。堀切はまた初期社会主義の在野の研究者でした。昭和初年代に農民争議や労働運動が活発化する中から、大正童謡を超階級的な童心主義として否定するプロレタリア童謡が登場します。槇本楠郎の「コンコン小雪」は、その数少ない成果の一つです。こういう作品まで選び出すところが選者のユニークさです。また、藤田圭雄の大著『日本童謡史』や日本児童文学学会編『児童文学事典』でも触れられていない、一九二一年創刊の童話・童謡雑誌『金の鳥』総目次を発掘し掲載されているのも貴重です。

幼い子どもの視点でしか見えないような微細な生き物たちのいとなみ、風や雲のうつろい、日々の暮らしの中のほのぼのとしたささやかな情景。やさしい言葉で細やかに歌われた童謡詩の、それぞれが喚起するイマジネーションの豊かな広がりが心地よく、そこにいつまでも心に響く優れた童謡詩の世代を超えた魅力があるのです。

あとがき　父の心に灯る童謡

堀切リエ

父堀切利高の七回忌にあたる年が、「赤い鳥」発刊から百年目だということになにかしらの縁を感じています。

早稲田大学時代、父は「童研（童謡研究会）」に入っていました。鶴見正夫さんが一期先輩だと聞いています（「あめふりくまのこ」作詞者）。「童謡研究会は創作部、音楽部、舞踏部の三部門から成り、戦後の文化復興の風潮も幸いして、中央線沿線に幼稚園を借り、週一回ずつ小中学生を集めて『付属児童学園』を経営していた」（『童謡の天体』阪田寛夫）。父も付属学園で教えていて、園児たちとの交流は晩年まで続いていました。また大隈講堂で戦後初の童謡発表会もしたそうです（昭和二二年）。書庫で、わら半紙にガリ版刷りの「早稲田童謡」が、かろうじて形をたもっています。

童謡創作では藤井樹郎さんに師事していました。「君たちがやるのならうちでいっしょにやろう」と、「木馬」という童謡集を五冊ほどガリ版ずりでつくったそうです（手元に現物はなし）。藤井家には、船木枳郎さん、佐藤義美さんたちも集まって童謡論議をしていたということです。

本書では、三大童謡詩人と言われた北原白秋、西條八十、野口雨情を中心に、山村暮鳥、三木露風、若山牧水、藤井樹郎、有賀連など、比較的古い時代の作品を中心に五五篇ほど選んで［童謡詩撰］を編みました。父が選んだ詩とともに、一般に歌いつがれておらず、子どもの世界を豊かに見通す詩情ある作品、そして現代の方々にも親しんでもらえそうなものを選びました。

また父は『芳書月刊』で、「大正の童謡」特集を組み（一九八九年四月号）、北原白秋、野口雨情、西條八十のご子息に原稿を依頼し、自分は「金の鳥」の総目次作成のために成田図書館へ通いました。これらを「大正童謡」として後半に転載させていただきました。その他、いくつかのコラムは父が書いたもので、筆名「宇野光雄」は母の旧姓「宇野光子」にちなんでいます。

二〇〇九年～二〇一〇年にかけて、父は市川公民館で童謡の講義をしており、細かな字の手書きプリントがたくさん残っています。このプリントを見ながら、子ども文化評論家の野上暁さんに何度かインタビューをしていただきました。石井勉さんや松田志津子さんにもいっしょに話を聞いてもらいました。そのご縁で、野上暁さんに解説を、石井勉さんには挿し絵を、松田志津子さんにブックデザインと挿し絵でお世話になりました（娘の藍さんにも）。その時、「表紙の絵は初山滋さんでどう?」と父に聞くと、「そんな夢みたいなことあるのかねえ」と、うれしそうでした。

父は、浅草雷門の近く「柳屋」という旅館の長男として、一九二四（大正一三）年十月に生まれました。子どもの頃はがき大将で、「がき大将は子分（と呼んでいた）を楽しませなければならない。だからいろんなことを勉強しておくんだ」などと自慢していました。父の作品「銀河の歌」は、がき大将時代に「子分たち」と星を見たこと、大好きな宮沢賢治の「銀河鉄道の夜」がイメージにあったのではないかと思います。ここから書名をつけました。

教師時代は文集づくりを欠かさず、児童文化部では子ども会や人形劇などもしていました。父は初期社会主義文学の研究者ですが、童謡は心の中に大切にしまってある、あたたかい灯のようなものだったと思います。

最後に挿し絵を描いた親族を紹介します。墨絵は姉取出美穂で、母と同じ書道の師範、高校の生物の教師をしています。姪の氷室藍は眼科の医師、甥の取出遼は弁護士です。章扉を飾ってくれたのは従姉妹でジュエリーデザイナーの和田のぶみさん。父の詩の写真は息子の桑垣一紀、物理学の博士課程に在籍中です。

父の七回忌は奇しくも母の三三回忌。本当に仲の良い二人だったので、この本を見ながら空の上で、いっしょに童謡を口ずさんでくれるのではないでしょうか。

堀切利高の蔵書より

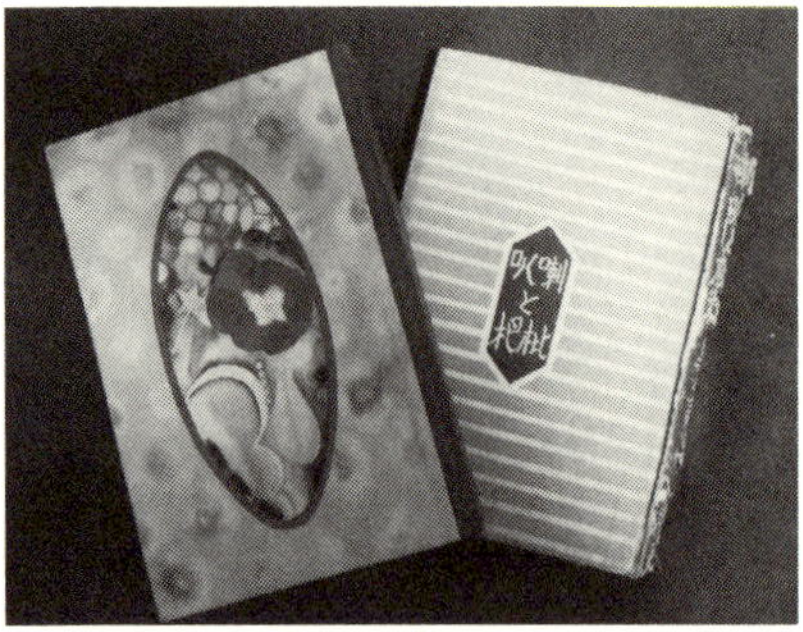

『喇叭と枇杷』（藤井樹郎、昭和一七年、フタバ書院成光館）・『日本新童謡集』（北原白秋、昭和二年八月、アルス）

「赤い鳥」（鈴木三重吉主宰）

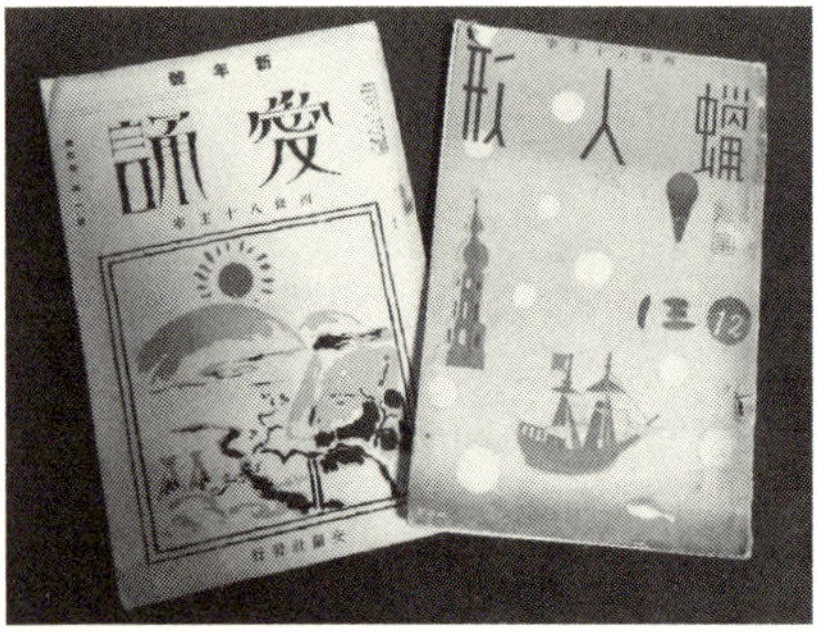

「愛誦」（西條八十主宰、大正十五年、交蘭社）・「蝋人形」（西條八十主宰、昭和十年、蝋人形社）

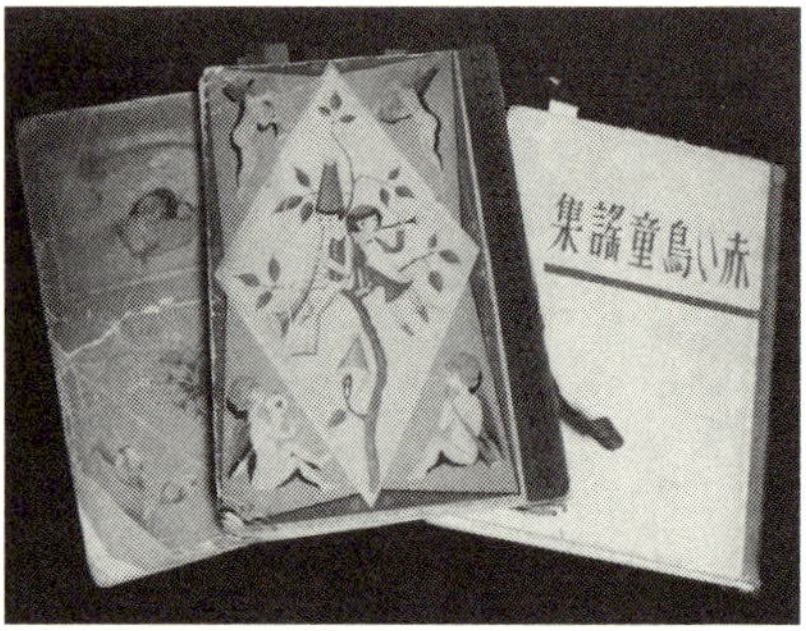

『日本童謡集』（初級用・上級用　昭和二年、興文社）・『赤い鳥童謡集』（昭和五年、ロゴス書院）

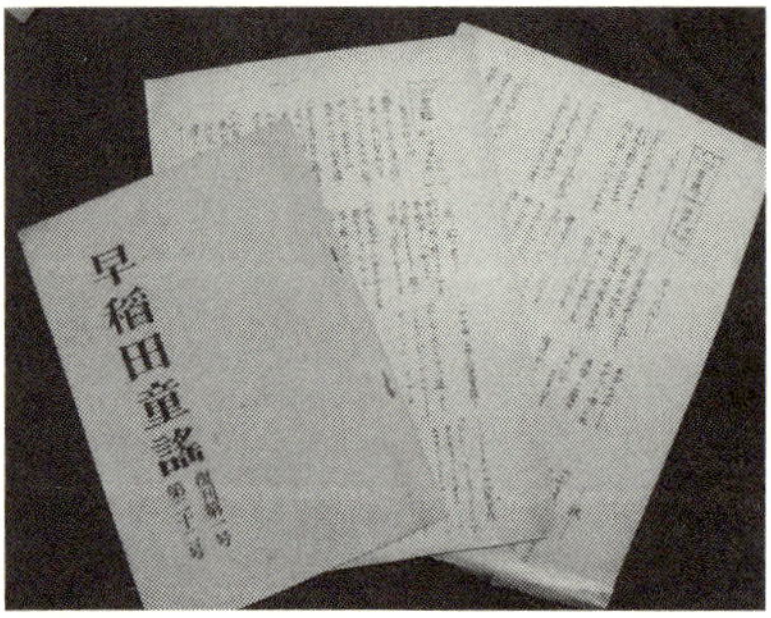

「早稲田童謡」（昭和二一～二四年）「早稲田童謡」（復刊号、昭和二五年）

復刻版『十五夜お月さん』（野口雨情、大正十年、向文堂）・『鸚鵡と時計』（西條八十、大正十年、赤い鳥社）・『赤い旗』（槇本楠郎、昭和五年、紅玉堂書店）

童謡詩作者一覧（あいうえお順）

有賀　連（生没年不詳）
海野　厚（1895 ～ 1925）
小川未明（1882 ～ 1961）
金子みすず（1903 ～ 1930）
北原白秋（1885 ～ 1942）
西條八十（1892 ～ 1970）
佐藤義美（1905 ～ 1965）
島木赤彦（1876 ～ 1926）
島田忠夫（1904 ～ 1945）
相馬御風（1883 ～ 1950）
竹久夢二（1884 ～ 1934）
新美南吉（1913 ～ 1943）
野口雨情（1882 ～ 1945）
藤井樹郎（1906 ～ 1965）
槇本楠朗（1898 ～ 1956）
三木露風（1889 ～ 1964）
山村暮鳥（1884 ～ 1924）
与謝野晶子（1878 ～ 1942）
若山牧水（1885 ～ 1928）

底本
『日本童謡集』（与田準一編、一九五七年、岩波文庫）
『小学生全集　日本童謡集』（初級用（24 巻）・上級用（48 巻）西條八十編、昭和二年、興文社）
『赤い鳥童謡集』（北原白秋編、昭和五年、ロゴス書院）
『赤い鳥傑作集』（坪田譲治編、昭和三十年、新潮文庫）

＊挿絵
いしいつとむ　(26,27,28-29,32-33,36-37,46,47,48,49,58,59,60-61,64-65,71,76-77p)
桑垣一紀　(62-63p)
取出美穂　(10,14,16,18-19,20,21,30,31,34,40,41,44,45,54,80p)
取出　遼　(8,35p)
氷室　藍　(9,11,15,17p)
松田　藍　(75p)
松田志津子　(12-13,22-23,38,39,42,43,52,53,55,56-57,66,68,69,72,73,78-79p)
和田のぶみ　(1,2,3,4 章扉)

堀切利高（ほりきり　としたか）

1924（大正 13）年浅草に生まれる。田原尋常小学校、東京府立第三中学校、第一早稲田高等学院を経て早稲田大学理工学部卒業。都立上野忍岡高校の教師となり、後に法政大学文学部へ編入、小田切秀雄に師事する。『大正労働文学研究』編集委員、「初期社会主義研究会」創立に参加、「平民社資料センター」代表に就任。1965 年、弘隆社を起こし社長就任、『芳書月刊』を創刊し企画編集に携わる。著書に『夢を食う　素描荒畑寒村』（不二出版）、『浅草東仲町五番地』（論創社）、編著書に『荒畑寒村著作集』（全 10 巻、平凡社）『宮地嘉六著作集』（全６巻、慶友社）、『伊藤野枝全集』（全４巻、學藝書林）、『野枝さんをさがして』（學藝書林）、雑誌復刻版編集に『文明批評』『近代思想』『新社会』『日本労働新聞』『中外』などがある。

堀切リエ（ほりきり　りえ）

堀切利高次女。1959 年千葉県市川市に生まれる。作家・編集者、日本ペンクラブ子どもの本委員。著書に『蛇神の杯』（長崎出版）、『伝記を読もう　田中正造』（あかね書房）、『日本の伝説　はやたろう』『同　きつねの童子　安倍清明伝』（子どもの未来社）、共著に『ほんとうにあったお話１～６年生』（講談社）、脚本に『樹の神話』（アート企画陽だまり）『捨て子のパリテギ』（劇団遊戯）などがある。

＊編集　堀切リエ
＊装丁・デザイン　松田志津子

珠玉の童謡詩集　銀河の子どもたち

2018 年 4 月 30 日　第 1 刷印刷
2018 年 4 月 30 日　第 1 刷発行

著　者　堀切利高・堀切リエ
発行者　奥川 隆
発行所　子どもの未来社
〒 113-0033 東京都文京区本郷 3-26-1-4 F
TEL 03-3830-0027　FAX 03-3830-0028
E-mail：co-mirai@f8.dion.ne.jp
http://comirai.shop12.makeshop.jp/

振替　00150-1-553485

印刷・製本　中央精版印刷株式会社

ISBN978-4-86412-134-7　C0095
JASRAC 出 1802765-801